Je suis La Frontière

David Llorente

Je suis La Frontière

roman

Traduit de l'espagnol par Anne-Carole Grillot

Collection Ressac

11 éditions 13

DU MÊME AUTEUR

Te quiero porque me das de comer, 2014, Alrevés
Kira, 2017, Alrevés

ISBN : 979-10-91004-37-4

L'édition originale de cet ouvrage a paru
chez Editorial Alrevés S.L. Barcelona en 2016,
sous le titre *Madrid:frontera*

Prix Dashiell Hammett (Espagne) 2017

Illustration de couverture :
Deborah Desmada

11-13 éditions, 101 rue de Sèvres 75006 Paris

Imprimé par CPI Firmin-Didot
27650 Mesnil sur l'Estrée
N° 148625

dépôt légal août 2018

Ils savent et ce qu'ils savent leur suffit à tout jamais.
Ils ne sont curieux de rien d'autre, car cela pourrait
écorner leurs arguments.

© Wislawa Szymborska
Discours de réception du prix Nobel, 1996.

1

LA SOURCE DE TOUTES LES DISGRÂCES

Le père Simeón

« Tu t'appelles Igi W. Manchester. Tu as trente ans et ta vie est un interminable jour de pluie. C'est quelque chose que tu ne dois jamais oublier. La perte d'identité (ne pas savoir qui nous sommes) est la source de toutes les disgrâces. Tu comprends ?

– Oui.

– Bien. Maintenant tu peux ouvrir les yeux. Sur le plafond de ta chambre il y a une phrase (ce n'est pas toi qui l'as écrite) qui dit : "Continue à dormir." Tu ne dois pas y faire attention. Lève-toi.

– Bien qu'il fasse encore nuit ?

– Ne t'y trompe pas. Il fait nuit depuis de nombreuses années. Le soleil (souviens-toi bien de ça) doit commencer à briller en toi. C'est toi (Igi W. Manchester) qui dois faire qu'un jour l'aube se lève de nouveau sur la ville de Madrid. Tu comprends ?

– Oui.

– Bien. Dans le couloir de la pension, tu tombes sur M. Nausía. Il te rappelle que tu lui dois cinq mois et te demande quand tu vas le payer.

– Qu'est-ce que je lui réponds ?

– Tu lui dis la vérité. Alors M. Nausía te propose un marché : tu libères ta chambre et tu t'installes dans le fauteuil à oreilles de la salle de séjour.

– J'accepte ?

– Tu le regardes dans les yeux et tu lui dis ceci : "Je m'appelle Igi W. Manchester. J'ai trente ans. Ma vie entière est un interminable jour de pluie. La perte d'identité (ne pas savoir qui nous sommes) est la source de toutes les disgrâces."

– Ça sert à quelque chose ?

– Non. M. Nausía te dit que si tu n'acceptes pas sa dernière offre (t'installer dans le fauteuil à oreilles de la salle de séjour) il vaut sans doute mieux que tu ailles dans la rue et que tu ne reviennes jamais.

– Qu'est-ce que je fais ?

– Tu claques la porte. L'ascenseur ne fonctionne pas. L'escalier est rempli de sans-abri. Tu dois les enjamber pour sortir dans la rue.

– Dans quelle rue ?

– Les rues de Madrid n'ont plus de nom. Cette rue dans laquelle tu marches est (en réalité) une avenue qui traverse la ville d'un bout à l'autre. Tu veux qu'on lui donne un nom ? On peut l'appeler avenue de la Faim. Ça te va ?

– Oui.

– Tu aurais dû prendre ton parapluie. L'eau tombe sur les toits, sur les réverbères, sur les flaques.

– Et sur les bacs à ordures ?

– Aussi. La pluie a un son monotone et endormant, comme si le ciel récitait (pour nous) une litanie. Quiconque écoute la pluie ne peut que baisser les paupières et se laisser envahir par la tristesse.

– C'est ce que je fais ?

– À vrai dire, toi, tu ne devrais pas. Tu traverses l'avenue de la Faim et tu marches sur les ruines du musée du Prado. Parmi ses décombres dorment les sans-abri. Une main t'attrape par une cheville. Quelqu'un te demande un bout de pain. Tu pars en courant.

– J'ai eu peur ?

– Un peu. Tu t'abrites de la pluie sous un arrêt de bus. Tu te souviens que les bus ne passent plus. Les gens (ils disaient) n'ont plus besoin d'aller nulle part. Mais il vaut mieux que tu ne penses pas à l'ancien temps (dont tu te souviens déjà à peine, d'ailleurs). Il vaut mieux que tu t'en tiennes à l'essentiel : tu as faim. Tu dois trouver de quoi manger.

– Où ?

– Tu es arrivé à l'ancien Jardin botanique. C'est là (désormais) que déambulent les chômeurs. L'odeur des plantes (la pluie ne peut pas s'empêcher, malgré tout, de faire ressortir l'odeur de tout ce qu'elle mouille) te rappelle ces promenades que tu faisais, le soir tombant, aux côtés d'une femme. Mais je t'ai déjà dit que ça ne sert à rien de penser à l'ancien temps.

– Pourquoi ?

– Parce que. Tu descends jusqu'en bas de la rue et tu arrives à l'église des Hiéronymites. Elle est entourée de barbelés pour contenir les sans-abri, qui sont entassés (couchés comme des animaux) dans les escaliers de l'entrée.

– Qu'est-ce qu'ils font là ?
– Le père Simeón ouvre la fenêtre de la sacristie et lance un sac-poubelle. Le sac-poubelle (noir, d'une capacité de vingt litres) vole par-dessus les barbelés et tombe aux pieds des escaliers. Les sans-abri (qui semblaient léthargiques) se lèvent. La lutte pour les ordures (apprends-le une fois pour toutes) est féroce et sanglante.
– Je ne savais pas que c'était ça, la faim.
– Détrompe-toi. Tu ne sais pas encore ce qu'est la faim. Deux agents de police s'approchent de toi et te demandent tes papiers. L'un d'eux te traite de clochard.
– Je lui réponds ?
– Ben non. Tu as si mal à la tête que tu pourrais te l'éclater contre un mur. Je le répète : qu'est-ce que tu croyais que c'était, la faim ?
– Je ne sais pas.
– Au coin de la rue il y a un magasin d'alimentation.
– J'entre ?
– Oui. Tu prends l'allée des fruits et tu es tenté de tendre la main et de mettre une pomme dans ta poche.
– Je ne le fais pas ?
– Non. Pas cette fois. Le vigile (que devient un homme quand on lui donne un uniforme ?) marche derrière toi, à moins de deux mètres de distance. Il sait que l'idée de tendre la main et de fourrer une pomme dans ta poche te trotte dans la tête. Pire, il a envie que tu tendes la main et que tu mettes une pomme dans ta poche. Rien ne lui ferait plus plaisir (rien ne compenserait mieux ses longues heures d'ennui) que d'avoir une raison de te tordre le bras derrière le dos et de te jeter à la rue d'un coup de pied au cul. Tu t'approches du comptoir. Tu dis au vendeur que tu

n'as pas d'argent. Tu veux juste une pomme. C'est tout. La pluie (dans la rue) martèle l'asphalte. Le vigile te tord le bras derrière le dos et te jette à la rue d'un coup de pied au cul.

– Le sol est glacé.

– La pluie tombe sur toi. Tu poses un genou à terre, puis l'autre genou, puis un pied et ensuite l'autre pied, tout en disant (à voix basse, pour toi-même) : "Je m'appelle Igi W. Manchester. J'ai trente ans. Il va leur falloir plus qu'un coup de pied au cul pour m'empêcher (après une chute) de me relever."

– Et je me relève ?

– Oui. Tu te sens mal. Tu commences par pisser contre un mur et puis tu t'accroupis entre deux voitures et tu te mets à chier. Tu lèves les yeux au ciel. Tu viens de devenir (et tu le sais) un de ces hommes qui chient entre deux voitures.

– J'ai froid.

– Tu es arrivé dans l'ancienne rue d'Alcalá. Les gens attendent à la porte du supermarché.

– Qu'est-ce qu'ils attendent ?

– Deux veilleurs de nuit (désormais tout est nocturne dans la ville de Madrid) sortent. Ils traînent (à eux deux) six énormes sacs-poubelle. Ils les emportent dans la ruelle et les jettent dans les bacs à ordures. Puis ils retournent au supermarché et ferment la porte. Quelqu'un te pousse et te jette par terre.

– Pourquoi ?

– Tu lèves la tête. Les gens vont dans la ruelle et renversent les bacs à ordures. Tu as vu un paquet de biscuits.

– Je suis l'un d'entre eux ?

– Tu me demandes si tu es l'un d'entre eux. Tu as déjà oublié que la perte d'identité (ne pas savoir qui nous sommes) est la source de toutes les disgrâces ?

– Excuse-moi.

– Tu te relèves et tu cours vers la ruelle. Tu te fraies un chemin à coups de coude. Tu atteins la montagne de déchets et tu y enfonces les mains jusqu'aux coudes. Quelqu'un te pousse et t'écarte sur un côté. Tu dois être plus agressif. Sinon tu vas rester le ventre vide.

– Je ne veux pas rester le ventre vide.

– Tu vois un gosse mettre un bout de pain sous son tee-shirt. Tu le lui prends de force et tu pars de la ruelle en courant.

– Où ça ?

– Tu t'éloignes de cent mètres. Tu t'accroupis derrière un arbre et tu commences à mordre dans le quignon de pain. Tu as mal aux gencives. C'est comme si tu avais de nouveau les dents qui percent.

– Je vais chercher autre chose ?

– Reste plutôt où tu es. Les deux agents de police (ceux qui t'ont traité de clochard) sont arrivés dans la ruelle. Ils disent aux sans-abri de retirer leurs mains des ordures et de retourner à leurs domiciles (personne ne sait très bien à quels domiciles ils sont censés retourner). Après ils attrapent le gosse, l'emmènent sous un porche et lui mettent deux ou trois beignes.

– Pourquoi ?

– Ce n'est pas qu'il ait fait quelque chose (à part manger des ordures, ce qui est interdit). C'est juste de l'exercice. Les agents avaient envie de se dégourdir un peu les muscles. L'un des deux disait à l'autre : "Je suis rouillé et comme engourdi."

– Ils m'arrêtent ?
– Non. »

Óliver

« Tu traverses la route côtière et tu entres dans le parc du Retiro. Les pelouses sont couvertes de gens qui dorment (ou qui n'ont pas la force de se lever).
– Il y a de la place pour moi ?
– Non. Tu continues à avancer. Tu t'enfonces au plus profond du parc. Une femme vient à tes côtés et te demande si tu veux qu'elle te suce.
– Je veux ?
– Tu lui réponds que non. Elle te dit qu'elle a un enfant à nourrir. Tu t'apprêtes à lui recommander d'aller aux bacs à ordures, mais tu ne dis rien (les suceuses de queue ont sûrement été des mangeuses d'ordures qui ont décidé de ne plus l'être). Tu lui demandes son nom.
– Comment elle s'appelle ?
– Elle s'appelle Olivia. Elle te demande (il est évident que tu n'as pas d'argent) ce que tu fais dans cette zone du Retiro. Tu regardes autour de toi. Les femmes ont fait un petit bac à sable où laisser leurs enfants pendant qu'elles travaillent. Les hommes (comme des ombres parmi les ombres) entrent et sortent des bosquets. Olivia s'arrête un instant et remonte un de ses bas. Elle te demande si tu as lu *Celles qu'on aime*, d'Alexandre Tišma.
– Je l'ai lu à l'université.
– Olivia te prend par la main et t'emmène à un autre endroit du Retiro, près de l'étang. Sous un érable argenté il y a une vieille barque en bois. À l'intérieur de la barque

se trouve son enfant. On devine (à la peau de sa nuque, à ses yeux tombants, à l'unique ligne de la paume de sa main) qu'il a une maladie mentale. Il s'appelle Óliver. Il demande à sa mère si elle a apporté quelque chose à manger. Elle lui répond que non. Óliver ne pleure pas. Óliver (avec la transparence des animaux) devient triste.

– Il m'invite à monter dans la barque ?

– Oui. Vous regardez la pluie tomber. Sous l'érable argenté vous ne vous mouillez pas. Vous remarquez les lumières de la ville, qui brillent (sans chaleur) au-delà des grilles du Retiro. Olivia te dit que la vie dans la ville de Madrid est devenue un roman de Peter Handke. Tout est simple et terrible. Tu dis que oui. La pluie tombe sur l'étang et le remplit de bulles et d'ondes.

– C'est beau ?

– Non. Olivia regarde autour d'elle et sort un livre. Elle l'ouvre à une page au hasard et passe les doigts sur le papier. Elle te dit qu'elle n'oubliera jamais la première fois qu'elle a lu Kenzaburō Ōé. Parents d'enfants malades. Enfants sans foie, qui expulsent des excréments de couleur blanche. Elle cesse bientôt de parler. À quoi sert de porter la douleur jusqu'au ciel ? Le ciel ne répond que par la pluie. Et la pluie fait la seule chose qu'elle sache faire : tomber.

– Des hommes viennent.

– On entend des voix dans l'obscurité (des ombres qui se déplacent parmi les ombres). Olivia range le roman, sort de la barque et part travailler.

– Je la suis du regard ?

– Non. L'enfant t'observe. Il te demande si tu es l'amoureux de sa mère. Tu lui dis que non. Óliver (il redevient triste) joue avec une feuille qui est tombée de l'érable argenté. Il dit que sa mère a eu beaucoup d'amoureux. Lui (cependant) n'en a aimé aucun. Ils se tenaient tous loin de lui. "Comme s'ils pouvaient être contaminés par ce que j'ai" (il dit).

– Il est très maigre.

– Tu prends l'enfant par la main et tu le fais sortir de la barque. Il te demande où tu l'emmènes. Tu lui dis que vous allez chercher à manger. Óliver fait un bond et dit : "Youpi !"

– Où est-ce que je vais trouver à manger, moi ?

– Dans cette zone du Retiro, il n'y a pas du tout d'éclairage. Óliver serre ta main. Tu lui dis de ne pas avoir peur. Tu es là pour le protéger des animaux sauvages (quels qu'ils soient). Óliver dit : "Ma mère m'a dit que tous les animaux avaient disparu. Ils ont eu honte de l'homme et ils sont partis. Il y a des petits comme moi qui n'ont jamais vu un animal. Nos mères nous racontent des histoires de chiens et de chats et, nous, on ne sait pas quoi s'imaginer."

– Il y a des dessins dans les livres.

– Tu lui parles des oiseaux. Óliver éclate de rire et dit que ça, il n'y croit pas. Des animaux qui peuvent voler ! Et il éclate de rire.

– J'aime quand il rit.

– Vous arrivez à l'étang et tu demandes à Óliver s'il n'y a plus de carpes sous l'eau non plus. Óliver te regarde, les yeux étincelants. Ce que tu peux être drôle ! Des animaux sous l'eau. Comment veux-tu qu'ils respirent ? Tu ne réponds pas.

– On retourne à la barque ?

– Non. Par chance, tu tombes sur un bac à ordures (de taille moyenne) qui n'a pas encore été pillé.

– Pourquoi ?

– Tu soulèves le couvercle (orange) et tu vois qu'il est (effectivement) plein de sacs-poubelle. Tu prends celui qui est sur le dessus et tu l'ouvres. Il y a deux moitiés de bananes et une brique de jus de poire. Tu t'accroupis à côté d'Óliver et tu lui dis que vous avez trouvé de quoi manger. Óliver t'embrasse sur la joue et dit : "Youpi !"

– On mange où ?

– Vous entrez dans un théâtre de marionnettes et vous vous asseyez sur les gradins. Tu dis à Óliver de ne pas tout manger (il faut en garder pour maman). Óliver sourit quand il entend le mot "maman". "Tu es son amoureux ?" (Il te demande.)

– Non.

– Vous mangez les moitiés de bananes et vous buvez la moitié du jus de poire. Tu comprends maintenant pourquoi personne ne fouillait dans ces poubelles ? Ils ont mis de la javel dedans (ils le font parfois pour éloigner les sans-abri).

– Putain.

– Tu ne peux pas parler. Ta langue est devenue si grosse que tu as l'impression que tu vas finir par t'étouffer. Tu ouvres la bouche et tu essaies de vomir. Tu es en train de perdre connaissance. Puis tout est noir.

– Je veux revenir à moi.

– Oui, bon. On s'en fout de ce que tu veux. »

Le docteur Argüelles

« Il s'est passé beaucoup de temps depuis que tu t'es évanoui. Il se peut que tu sois encore sur les gradins du théâtre de marionnettes, inconscient (empoisonné par la javel). Ou que quelqu'un t'ait trouvé et emmené à l'hôpital. Cette dernière possibilité (cependant) est infime. Dans les hôpitaux de Madrid on ne laisse pas entrer les gens comme toi.

– Je vais bien.

– Non. Tu es en train de rêver (les rêves de l'inconscience sont-ils vraiment des rêves ?). Tu es au milieu de l'avenue de la Faim. Devant toi il y a un groupe d'anti-émeutes. Pour le moment tout te semble normal. Ensuite tu te demanderas ce que peut signifier un rêve comme celui-là.

– Je me réveille, maintenant ?

– Oui. *Noir*. Tu entends (en premier) le son de la pluie. Puis tu ouvres les yeux. Le plafond est blanc et il a des taches d'humidité. Une de ces taches a une forme d'oiseau. Tu te souviens d'Óliver. Tu regardes autour de toi. Tu ne le vois pas.

– Je suis où ?

– L'infirmière s'appelle Sonia. Elle te dit qu'on t'a fait un lavage d'estomac. Ton appareil digestif est couvert de blessures (de plaies). Par chance, la javel n'est pas arrivée jusqu'aux intestins.

– Où est Óliver ?

– Sonia (l'infirmière) te dit que le corps du petit Óliver est dans la chambre d'à côté.

– Merde.

– Tu fermes les yeux. Sonia te dit de ne pas les fermer. Tu dois être bien réveillé et, plus important encore, il faut que tu partes tout de suite.

– Pourquoi ?

– Il s'agit d'un hôpital clandestin. On y soigne les personnes qui (dans la ville de Madrid) n'ont pas le droit de tomber malades.

– Je me sens faible.

– Tu l'es. Sonia te lève du lit (tu t'habilles) et elle t'emmène en salle de soins. Le docteur Argüelles veut te donner quelque chose pour les brûlures de la langue et du palais.

– Il est occupé.

– Il soigne un autre patient. Il le traite avec familiarité. Le patient lui demande de la morphine. Rien que de la morphine.

– Pourquoi ?

– Un matin il s'est réveillé avec une douleur dans le dos. Il a passé un mois à essayer de consulter dans un hôpital. En vain. Finalement il a entendu parler des services clandestins du docteur Argüelles, qui lui a découvert un cancer du poumon métastasé dans les vertèbres. Ce patient s'appelle Norberto. Il demande de la morphine. Rien que de la morphine.

– C'est quoi, ces coups ?

– Des agents de police sont entrés dans l'hôpital clandestin. Le docteur Argüelles (sans perdre son calme) tente de leur parler, mais ils ont ordre de ne parler à personne (encore moins à un individu instruit comme un médecin).

– Et qu'est-ce qu'ils font ?

– Les agents de police cassent les appareils médicaux. Ensuite ils mettent le feu aux rideaux et aux tapis. Enfin (tandis que les flammes grandissent) ils sortent leurs matraques et vous donnent à chacun deux ou trois coups.

– Et Óliver ?

– Oublie-le. Vous sortez tous (Sonia, Norberto, le docteur Argüelles et toi) par la porte de l'appartement (l'hôpital clandestin) et vous descendez l'escalier. Norberto (cependant) va beaucoup plus lentement. Il doit s'aider de deux béquilles.

– On est dans quelle rue ?

– Les rues de Madrid (tu devrais le savoir maintenant) n'ont pas de nom. Tu peux les appeler comme tu veux. Personne (pour l'instant) ne va te mettre en cellule pour ça.

– Il y a une place avec des tas de cinémas.

– Alors appelle-la place des Cinémas. Norberto te demande si tu as un endroit où dormir, à part dans la rue. Tu lui réponds que non.

– Pourquoi il me demande ça ?

– Il te dit de le suivre. Il s'appuie sur ses béquilles (qui grincent, faute d'avoir été lubrifiées) et se met à marcher. Les béquilles (sans embouts en caoutchouc) glissent sur le sol mouillé. Norberto est sur le point de tomber. Tu essaies de l'aider, mais il t'écarte violemment d'une main ferme. "Aie pitié de toi-même !" (Il te dit.)

– On va où ?

– Ce serait bien que tu arrêtes de poser toujours les mêmes questions. »

Norberto

« Les sans-abri s'entassent près des bacs à ordures. Les sans-abri se présentent à la porte des bars et demandent qu'on leur donne quelque chose (n'importe quoi qui traîne par terre). Les sans-abri s'assoient sur le bord des trottoirs et mettent des fils de fer dans les égouts (pour voir ce qu'ils pêchent). Si tu regardes bien, tu verras qu'il n'y a que des sans-abri autour de toi. Il faudrait que la ville de Madrid soit approvisionnée en ordures tous les jours.

– Rue des Cinémas, numéro 144.

– Norberto fait porter le poids de son corps sur ses béquilles et commence à monter l'escalier avec lenteur et difficulté. Il ne veut pas que tu l'aides. "L'homme (il dit, entre ses dents) se définit par ses limites."

– Il habite à quel étage ?

– Norberto a la main qui tremble quand il met la clé dans la serrure. Son appartement (tu as envie de te mettre un mouchoir sur la bouche) sent ce que doit sentir la mort. Norberto jette les béquilles par terre et s'allonge sur le canapé. Il te demande, s'il te plaît, de lui injecter la morphine.

– Comment on fait ça ?

– Les muscles de son visage se détendent. Ses yeux (de bonheur) se remplissent de larmes. Il respire (enfin) profondément, régulièrement. "Maintenant (il te dit), je veux dormir. Après je te montrerai quelque chose." Tu mets une couverture sur lui (on lui a coupé le chauffage il y a des mois). Tu t'assois sur une chaise. Tu fermes les yeux (Sonia t'a dit de ne pas les fermer). Toi aussi, tu es très fatigué.

– Je m'endors ?

– Oui. *Noir*. Tu entends (en premier) le son de la pluie. Tu ouvres les yeux. Norberto te regarde, assis sur le canapé.

– Qu'est-ce qu'il veut ?

– Il te demande si l'odeur des ordures te rappelle ton enfance. Tu éclates de rire. Norberto (pour la première fois depuis on ne sait combien de temps) sourit. Il est satisfait. Il ne s'est pas trompé sur toi.

– Sur moi ?

– Il te dit que tu es la seule personne en qui il puisse avoir confiance. Il te dit que ça fait des années qu'il n'a pas rencontré quelqu'un comme toi.

– Qu'est-ce que j'ai de spécial ?

– Norberto se lève péniblement du canapé. Il marche jusqu'à la fenêtre et te demande de t'approcher. Il pointe le doigt au loin. "Tu sais d'où vient cette colonne de fumée ?" (Il te demande.) Tu fais une estimation et tu réponds : "À peu près de la place de Castille."

– C'est ça ?

– Oui. Norberto te demande (maintenant) si tu sais ce qui sur la place de Castille dégage tant de fumée. Là, tu n'as pas la réponse. "C'est le crematorium de livres" (dit Norberto), et il retourne s'asseoir sur le canapé.

– Le crematorium de livres ?

– Norberto jette un coup d'œil à ses étagères vides. Il te dit qu'il avait réussi à mémoriser le *Quichotte* et la *Bible*. "Je pensais les réécrire quand tout ça serait terminé (il t'explique). Mais je n'ai plus le temps."

– Il parle du cancer ?

– Oui. "Alors je les ai lus à voix haute et j'ai enregistré ma voix (il ajoute). Ensuite j'ai caché l'enregistreur en lieu sûr, mais les agents de police trouvent tout. Ils m'ont fait très mal. Il a fallu que je leur dise où il était." Norberto anticipe ta question. "Un voisin a dû m'entendre et me dénoncer."

– Pourquoi il me raconte tout ça ?

– Norberto te demande de lui passer une béquille. Il se lève du canapé et disparaît dans le couloir. Quelques minutes plus tard il revient avec un livre à la main.

– Un roman ?

– En réalité ce n'est pas un livre mais un carnet dans lequel il a écrit une histoire. Tu lui demandes le titre. Il te dit que ça s'appelle *La Chronique des temps anciens*. Sa main tremble quand il te le donne. "Tiens (il te dit), prends-en soin et défends-le au prix de ta vie. D'ici peu il n'y aura pas de livre plus important que celui-là, car ce sera le seul."

– Pourquoi il me le donne à moi ?

– Il dit qu'il a confiance en toi. Il dit que ça fait des années qu'il n'a pas rencontré quelqu'un comme toi.

– Qu'est-ce que j'ai de spécial ?

– C'est la deuxième fois que tu poses cette question. Norberto commence à ne plus sentir l'effet de la morphine et te demande de lui en redonner. De lui donner tout ce qui reste.

– Il ne vaudrait pas mieux en garder pour demain ?

– Non. Norberto se remet à respirer normalement. Les douleurs (pour la plupart) ont disparu.

– Il veut s'allonger sur le canapé ?

– Non. Norberto s'appuie de nouveau sur ses béquilles. Vous descendez l'escalier très lentement (Norberto met [tu as compté] plus de cinq secondes par marche).

– On sort dans la rue ?

– Pas encore. Norberto t'emmène à la cave. Il ouvre une porte et sort une valise. Il te dit de la porter.

– Qu'est-ce qu'il y a dans la valise ?

– Tu le sauras après. Seuls des sans-abri passent dans la rue des Cinémas. Beaucoup d'entre eux saluent Norberto.

– Ils le connaissent ?

– Oui. Un jeune sans-abri (de la nouvelle génération de sans-abri) vient voir Norberto et lui dit que les agents de police ont fermé tous les bacs à ordures. Ils les ont condamnés avec des chaînes et des cadenas. "On ne peut pas les ouvrir" (il dit).

– Ni les forcer ?

– L'amende pour avoir endommagé un bac (pour avoir cherché des ordures, en fait) est de sept cent cinquante euros, une somme que tu ne peux pas payer et qui finira par te mener en cellule, où les agents de police (rouillés, engourdis, qui ont besoin d'un peu d'exercice) te casseront le dos à coups de matraque.

– Et Norberto, qu'est-ce qu'il dit ?

– Norberto veut que tous les sans-abri le suivent. Ils se lèvent les uns après les autres. Ils sont plus de cinq cents. Vous marchez au milieu de la rue. Vous occupez toute l'avenue de la Faim. D'autres vous rejoignent sans cesse.

– On va où ?

– En réalité vous ne pouvez pas aller très loin. Les anti-émeutes barrent la rue.

– Pourquoi ?

– Le voyage s'arrête ici. Norberto se dirige vers la rangée d'anti-émeutes et te demande de bien vouloir l'accompagner. Tu as les jambes qui tremblent. Tous les anti-émeutes te semblent identiques. Des machines serviles, sans cerveau ni cœur.

– Qu'est-ce qu'il fait ?

– Norberto jette ses béquilles et se met à genoux. Puis il tourne la tête vers toi et te dit d'ouvrir la valise. Il y a un bidon d'essence dedans. Il veut que tu le vides sur lui. "Après (il dit) tu craqueras une allumette et tu prouveras que je ne me suis pas trompé sur toi."

– Tu déconnes ?

– Tu t'appelles Igi W. Manchester. Tu as trente ans et tu es le type qui a le bidon d'essence. Tu as deux options.

– Lesquelles ?

– Non. En réalité tu n'en as qu'une. Tu retires le couvercle du bidon et tu verses sur Norberto les cinq litres d'essence. Personne ne bouge. Tu craques l'allumette et (alors) le cordon d'anti-émeutes fait un pas en arrière. Norberto (malgré le silence) dit quelque chose que tu es le seul à pouvoir entendre. Tu jettes l'allumette contre son dos. Les flammes enveloppent le corps de Norberto.

– Il crie ?

– Non. Le ciel, comme un amas de laine mouillée, dégouline d'une grosse pluie froide. C'est la pluie que plus personne ne sent. La pluie qui fait partie du décor misérable de Madrid, comme les églises, les musées en ruine, les théâtres fermés et les policiers anti-émeutes. Tu te retournes et tu fais face aux mange-ordures.

– Aux quoi ?

– Aux sans-abri. Tu dis : "Je m'appelle Igi W. Manchester. J'ai trente ans. La perte d'identité (ne pas savoir qui nous sommes) est la source de toutes les disgrâces."

– Pourquoi je leur dis ça ?

– À côté de toi crépite la chair de Norberto. Tu es surpris qu'il soit toujours à genoux (qu'il ne soit pas encore tombé ni en avant ni en arrière). Les mange-ordures (qui s'étaient de nouveau assis par terre) commencent à se relever.

– Ils disent quelque chose ?

– Ils font demi-tour et s'en vont. Alors Norberto pousse un cri terrible et tombe en arrière (face au ciel).

– Il y a du mouvement.

– Les policiers anti-émeutes viennent de recevoir l'ordre de disperser les mange-ordures. C'est juste de l'exercice. Simplement pour se dégourdir les muscles. Rien ne libère davantage le stress qu'éclater un tympan d'un coup de matraque ou tordre deux ou trois doigts jusqu'à ce qu'ils cassent.

– Il faut que je parte d'ici. »

Eufride

« Tu fais demi-tour et tu te mets à courir. Tu te fraies un chemin parmi le chaos des mange-ordures, qui crient sous les bottes des anti-émeutes (qui crient jusqu'à ce qu'ils arrêtent de crier), et quand tu as parcouru plus d'un kilomètre tu t'arrêtes et tu regardes derrière toi. "Personne ne me suit" (tu te dis).

– Je vais où ?

– Il y a une trotte jusqu'à la place de Castille, mais tu aimerais voir de tes propres yeux ce crematorium de livres dont Norberto t'a parlé.

– C'est une bonne idée.

– Mais tu n'as même pas fait cent mètres quand tu t'aperçois que (cravate, gabardine, chapeau) il y a deux hommes qui te suivent.

– Qui ?

– Ils marchent derrière toi et n'arrêtent pas de te regarder. Ils accélèrent ou ralentissent en fonction de ton pas. Ils veulent toujours maintenir la même distance.

– Pourquoi ?

– Tu deviens nerveux. Tu prends une ruelle et tu te remets à courir. Tu arrives à une place. Les deux hommes (cravate, gabardine, chapeau) sont toujours derrière toi. L'un d'eux a quelque chose à la main.

– Une arme ?

– Tu donnes un coup de pied dans la porte d'un cinéma abandonné et tu te faufiles à l'intérieur. Tu descends un escalier. Tu entres dans la salle et tu te demandes comment tu vas t'enfuir de là maintenant. Les deux hommes (cravate, gabardine, chapeau) sont entrés derrière toi.

– Qu'est-ce qu'ils veulent ?

– Ils te demandent si tu as un livre sur toi. Tu réponds que non. Ils te disent que tous les livres doivent être emportés au crematorium par leurs propriétaires en personne. Tu répètes que tu n'en as pas. "Tu veux qu'on te fouille ?" (Ils te demandent.)

– Qu'est-ce que je réponds ?

– Tu ne dis rien. Un des hommes te demande pourquoi tu n'es pas avec les autres mange-ordures. "Tu te crois peut-être différent d'eux ?" Ils ne te laissent pas le temps de répondre. L'autre homme allume une cigarette. Il dit : "D'où tu connaissais Norberto ? Pourquoi tu lui as mis le feu, c'était quoi ce petit numéro ?"

– Petit numéro ?

– Apparemment tu vas devoir les suivre. Ils vont prendre ta déposition au commissariat.

– Pourquoi ?

– Quelqu'un est entré dans la salle. C'est une femme. Elle a un pistolet à la main. Elle leur tire une balle dans le genou et te passe l'arme. "Achève-les" (elle te dit).

– Moi ?

– Les deux types (cravate, gabardine, chapeau) se vident de leur sang sur le sol et crient comme des porcs. La femme te dit que, si tu n'es pas un mange-ordures, tu es un délinquant. Ils te chercheront jour et nuit. C'est nous ou eux. Il faut t'y faire. Et elle s'en va. Elle quitte la salle de cinéma. Elle monte l'escalier. Elle entend (derrière elle) deux coups de feu.

– Je les ai tués ?

– Tu la rejoins à la porte du cinéma. La pluie tombe sur la place et sur ton visage. La pluie (en outre) lave les éclaboussures de sang et les morceaux de crâne que tu as sur toi. La femme te retire le pistolet de la main. Tu lui demandes son nom. Elle te dit qu'elle s'appelle Eufride. Tu dis : "Qui j'ai tué ?" Elle répond : "Deux agents du Cube." Tu as la tête qui tourne. Tu dis que tu ne comprends rien. "Tu vas comprendre (répond Eufride), tu commences seulement." »

2

LES CHIENS MÉCANIQUES

Damián Ferrugoso

« Tu t'appelles Igi W. Manchester. Tu as trente-trois ans et tu t'es habitué à changer d'appartement tous les quinze jours.

– J'habite où maintenant ?

– Les rues de Madrid n'ont toujours pas de nom. Tu peux leur donner celui qui te plaît le plus (ou le moins).

– D'accord.

– En face de chez toi il y a une banque. Parfois tu restes un moment à regarder ses publicités pour des prêts hypothécaires : des femmes à moitié nues qui jouent au ballon sur une plage tropicale.

– Les tubes de néon m'éblouissent.

– Tu regardes discrètement par la fenêtre de la cave et tu constates que les agents du Cube ne vous ont pas trouvés.

– Je ne suis pas seul ?

– Non. Eufride est allongée sur le matelas. Elle jette un coup d'œil à ses dernières photographies.

– Il fait froid là-dedans.

– Oui. Les gens qui ont perdu leur maison croient qu'ils ont tout perdu et ils ont peut-être raison. Les gens qui ont perdu leur maison (les gens qui croient qu'ils ont tout perdu) traînent leurs valises jusqu'au quartier du Kilomètre Zéro. Ils se couchent par terre et se couvrent avec un journal.

– Et c'est suffisant ?

– Non. Les gens qui ont perdu leur maison (les gens qui ont peut-être raison de croire qu'ils ont tout perdu) ne savent pas encore que la pierre communique son insalubrité à celui qui dort sur elle. Dans les hôpitaux de Madrid (chaque jour) arrivent des centaines d'hommes, de femmes et d'enfants malades (affectés par l'insalubrité de la pierre) qui ne peuvent qu'être renvoyés dans la rue.

– Sous la pluie.

– Oui. Les familles qui ont perdu leur maison (les familles qui ont été renvoyées des hôpitaux) passent la ville de Madrid au peigne fin en quête de cartons de réfrigérateurs avec lesquels elles se couvrent. Il y a des cartons à deux places et des cartons plus petits, pour les enfants.

– Et pour les nouveau-nés ?

– Non. Ceux qui ont perdu leur maison croient qu'ils ont tout perdu et ils ont probablement raison. Ceux qui ont perdu leur maison s'assoient autour de la place du Kilomètre Zéro et essaient de vendre ce qu'ils ont dans leur valise.

– Ils vendent quelque chose ?

– Non. Puis ils se dirigent vers les bacs à ordures et les agents de police leur mettent une amende qu'ils ne peuvent pas payer et les emmènent au poste où (pendant soixante-douze heures) ils vont les insulter et les rouer de coups.

Cela (les rouer de coups) ne doit pas être mal compris. Il ne s'agit pas de violence physique (et encore moins d'abus de pouvoir) mais de la plus élémentaire des gymnastiques (étirement et dégourdissement des muscles).

– Ça fait combien de temps que je suis dans cette cave ?

– Quinze jours. Eufride sort du lit (du matelas) et met son manteau. Tu regardes toujours par la fenêtre de la cave. Tu lui dis qu'il n'y a pas d'agents du Cube.

– Je ne vois personne.

– Eufride (son appareil photo sous son manteau) sort dans la rue. Elle met sa capuche et court par-dessus les flaques.

– Elle va arriver à temps ?

– Les membres de la commission judiciaire (le représentant de la banque, deux agents de police, le serrurier, le fonctionnaire exécutant, le fonctionnaire du greffe) se réunissent au restaurant *La Pergola d'Or* pour boire des tonics et manger des crevettes avant de commencer à travailler.

– Ils paient ?

– Non. On leur fait crédit. Les membres de la commission judiciaire (le représentant de la banque, les deux agents de police, le serrurier, le fonctionnaire exécutant, le fonctionnaire du greffe) finissent de boire leurs tonics et de manger leurs crevettes et commandent des cafés. Puis ils allument une cigarette et (en soufflant la fumée vers le plafond) baissent les paupières et sourient avec béatitude.

– Quelque chose attire leur attention.

– Oui. Trois enfants de la rue (trois enfants mange-ordures) collent le nez à la vitre et regardent fixement la nourriture à travers la devanture. Les membres de la commission judiciaire (le représentant de la banque, les deux agents de police, le serrurier, le fonctionnaire exécutant, le fonctionnaire du greffe) secouent la tête avec résignation et disent : "Pauvres enfants !"

– Ils ont repéré Eufride ?

– Non. Eufride laisse sur sa gauche l'ancienne gare d'Atocha, tourne à droite et prend la rue de l'école des Salésiens. Elle cherche le numéro 11. Elle appelle à l'interphone. Elle dit que c'est la photographe. On lui ouvre depuis le haut.

– Elle va à quel étage ?

– Elle monte par l'escalier. Damián Ferrugoso l'attend sur le palier du troisième étage. Il a soixante-douze ans. Il lui dit de se dépêcher d'entrer et il ferme la porte.

– L'appartement est dans le noir.

– Eufride allume son appareil photo. Elle fait des photographies de Damián Ferrugoso, des valises qui s'entassent dans le couloir, des médicaments posés sur la table.

– Et du fauteuil roulant ?

– Aussi. Elle photographie Mme Cira Minguela, qui ne peut plus se débrouiller seule, ses mains osseuses, ses yeux rougis, fatigués de tant pleurer. Et elle photographie le seul livre qui reste sur les étagères.

– C'est quel livre ?

– Il s'intitule *L'Art d'avoir toujours raison*. Eufride (après avoir pris les photographies) retourne au salon et s'assoit sur la banquette qui est collée au mur. Elle sait que le pire reste à venir.

– C'est pour quand ?

– Maintenant. On sonne à la porte et personne ne va ouvrir. Cira Minguela (depuis la chambre) s'est mise à sangloter. On sonne encore.

– Quelqu'un se lève ?

– Non. La commission judiciaire (le représentant de la

banque, les deux agents de police, le serrurier, le fonctionnaire exécutant et le fonctionnaire du greffe) attend derrière la porte, sur le palier.

– Et elle sonne de nouveau.

– Oui. Le fonctionnaire du greffe écrit sur un papier (le procès-verbal de saisie) que le représentant de la banque a sonné à la porte du débiteur défaillant à plusieurs reprises sans que personne vienne ouvrir. Le fonctionnaire du greffe écrit (sur le procès-verbal de saisie) que le fonctionnaire exécutant a prononcé à voix haute (suffisamment haute pour être entendu par toute personne se trouvant de l'autre côté de la porte du bien immobilier) les paroles suivantes : "Monsieur Ferrugoso, je suis le fonctionnaire de l'Administration chargé de la saisie de cet appartement. Veuillez nous ouvrir la porte." Le fonctionnaire du greffe écrit (sur le procès-verbal de saisie) que le fonctionnaire exécutant, après avoir prononcé ces phrases (conformément aux dispositions de la loi), a dit (également à haute et intelligible voix) ce qui suit : "Monsieur Ferrugoso, si vous ne nous ouvrez pas la porte, nous allons devoir demander au serrurier de l'ouvrir lui-même." Le fonctionnaire du greffe écrit (sur le procès-verbal de saisie) qu'une voix (appartenant très certainement à M. Ferrugoso) répond en ces termes : "Je m'en bats les couilles, chez moi, j'ouvre à qui je veux. Si vous voulez me faire sortir d'ici, vous allez devoir le faire par la force."

– Ils défoncent la porte ?

– Le serrurier fait ce qu'il a à faire et s'écarte. Eufride se lève de la banquette, prend son appareil et se prépare à prendre des photographies.

– De quoi ?

– Elle photographie la porte démontée. Elle photographie les deux fonctionnaires, qui entrent et sortent des pièces et prennent acte de tout ce qu'ils voient. Elle photographie le représentant de la banque, qui se plante devant M. Ferrugoso et lui lit un papier.

– Il a peur ?

– Non. Il dit qu'il ne leur donnera jamais la clé de chez lui. Il dit qu'il l'avalera avant et qu'il s'étouffera avec. Les agents de police font un pas en avant. L'un d'eux lui demande de quitter le bien immobilier. M. Ferrugoso leur dit : "Je vous méprise." Et il ajoute : "Je vous méprise du fond du cœur et du plus profond de mes tripes." Un des agents de police lui donne une gifle. C'est la meilleure façon (ils ont pu le vérifier) de faire taire ces vieux qui jouent au plus malin.

– Ils l'obligent à partir de chez lui ?

– Ils l'attrapent par les cheveux et le jettent par terre. Puis ils le prennent par une cheville et le traînent jusqu'à la porte. Par moments, Damián Ferrugoso se retient aux plinthes, alors ils lui marchent sur les doigts pour qu'il les lâche. Ils finissent par le sortir sur le palier, ils le jettent dans un coin et lui tordent un peu le genou.

– Eufride prend des photos ?

– Oui. Le représentant de la banque arrive à la porte et dit : "Il y a une vieille dans la chambre." Les agents de police rentrent dans l'appartement, se dirigent vers la chambre et disent à Mme Minguela de se lever et de partir.

– Elle est couchée ?

– Oui. Elle leur demande ce qu'ils ont fait à son mari. "Sortez sur le palier et voyez vous-même" (dit un des agents de police).

– Elle est invalide ?

– Oui. Ils soulèvent le lit (ils le mettent debout) et ils la font tomber par terre. Ils la prennent par les aisselles et par les pieds et la sortent de l'appartement. Ils la laissent dans un coin du palier, à côté de son mari.

– Ils les autorisent à prendre leurs valises ?

– Non. Un des agents de police pose l'extrémité de sa matraque sur le front de Damián Ferrugoso et lui dit de s'estimer heureux qu'il ne lui donne pas une raclée pour avoir désobéi à l'ordre de ne pas avoir de livres chez soi. Damián Ferrugoso lui répond que ses étagères étaient pleines de livres et que (avant d'aller au crematorium de la place de Castille) il les a tous relus (lentement, mot après mot). Il montre son front. "Ils sont tous là" (il dit). L'agent de police lui donne un coup de matraque si fort (sur le crâne) que ses mâchoires craquent et ses fosses nasales se remplissent de sang. Ils demandent à Eufride son appareil photo. Ils s'acquittent de leur obligation d'expliquer aux proches des expulsés qu'il est interdit de faire des vidéos ou des photographies des forces de l'ordre dans l'exercice de leurs fonctions. Eufride crache sur leurs bottes. Les agents de police sourient (aujourd'hui, ils ont décidément démarré du bon pied). Ils saisissent leur matraque (ils la caressent) et la sortent lentement de son étui (ils se demandent, le temps que la matraque sorte en entier, dans quelle partie du corps ils vont donner le premier coup : un des deux préfère le flanc [cette sensation de couper le souffle à quelqu'un], l'autre [plus classique] préfère la tête [le son de l'os, la vibration dans le poignet] et voir les yeux se révulser et devenir blancs).

– Il faut qu'elle parte d'ici.

– Elle court vers le haut (vers les étages supérieurs). Les agents de police la suivent, mais elle les distance de plus en plus. Elle arrive au quatrième, au cinquième, au sixième, puis pousse la porte qui donne sur le toit et va à l'extérieur (pendant un instant [une seconde ou deux] elle s'arrête pour contempler le spectacle [toujours nocturne désormais] de la ville de Madrid).

– Quel spectacle ?

– Une ville aux immeubles éteints. Des quartiers entiers plongés dans le noir. Les flèches des grues (diplodocus de rouille) qui se découpent sur l'horizon. Des bidons en feu sur les terrains vagues. Les deux cheminées du crematorium de livres.

– Et le rideau de pluie ?

– Aussi. Elle court sur le toit (le gravier crépite sous ses pieds). Elle arrive au bout de l'immeuble et descend par l'escalier de secours.

– Elle leur a échappé ?

– Non. »

« Ceux qui ont perdu leur maison sont appelés mange-ordures parce qu'ils se nourrissent vraiment d'ordures. Les mange-ordures déambulent aux alentours de la place du Kilomètre Zéro et se dirigent vers les restaurants à l'heure où ils sortent leurs tonnes de déchets.

– Ils dorment où ?

– Les mange-ordures se mettent à l'intérieur de leurs cartons de réfrigérateurs et tiennent leurs valises contre eux. La pluie (indifférente au découragement) martèle leurs cartons. C'est un bruit cadencé qui parfois les aide (même) à dormir.

– Et à oublier ?
– Non. La police les lève à coups de pied et leur dit d'aller ailleurs.
– Où ça ?
– Les mange-ordures prennent leurs valises et marchent en direction des anciennes mines d'or, à la sortie 58 de l'autoroute M-30.
– Je ne connais pas cette sortie.
– Les anciennes mines d'or sont fermées depuis des années, mais les mange-ordures (et seuls les mange-ordures) peuvent y entrer.
– Et qu'est-ce qu'ils y font ?
– Les familles s'installent dans les galeries souterraines. Elles doivent juste respecter deux règles : ne pas mettre en marche les engins de la mine (pas même l'ascenseur) et ne jamais descendre dans les galeries inférieures.
– Pourquoi ?
– Beaucoup de mange-ordures sont descendus dans les galeries les plus profondes (où l'obscurité est totale) et n'ont jamais réussi à trouver le chemin du retour. Ils ont fini par se reproduire entre eux et leurs enfants sont nés sans yeux et avec un système digestif leur permettant de se nourrir de terre et de lombrics. »

David Cornejo

« J'entends une sirène.
– Ils t'ont trouvé. Il faut que tu partes de chez toi. Tu cours sans hésiter vers le quartier de Huertas.
– Quelqu'un m'attend ?
– Oui.

– Qui ?

– Un ami. Dans le quartier de Huertas on n'entend que tes pas et le murmure constant de la pluie. Parfois tu regardes en arrière.

– La police me suit ?

– Non. Le quartier de Huertas est un quartier mort. Il y a des années que tous les habitants ont été délogés et tous les établissements fermés.

– Il y a un endroit où je peux me cacher ?

– Oui. Il se trouve dans la rue des Ateliers. C'est un ancien atelier de ferronnerie d'art. Tu frappes à la porte de toutes tes forces. Quelqu'un t'ouvre de l'intérieur.

– C'est Ricardo Estrella ?

– Oui. »

« Les membres de la commission judiciaire (le représentant de la banque, les deux agents de police, le serrurier, le fonctionnaire exécutant, le fonctionnaire du greffe) mettent leurs manteaux et sortent dans la rue. En face du bâtiment de l'ancien musée de la Reine Sophie, au cinquième étage du numéro 32, David Cornejo les attend.

– Pour leur remettre les clés de chez lui ?

– Pas exactement. Assise sur le sol (feignant d'être une sans-abri parmi d'autres) se trouve Eufride (qui a réussi à semer la police) avec son appareil photo.

– Elle a le temps de faire des clichés ?

– Tout se passe très vite. Les membres de la commission judiciaire arrivent sur la place, se dirigent vers le numéro 32 et entendent à ce moment-là quelqu'un les appeler d'en haut. "Eh, vous, fils de pute !" Ils lèvent la tête et voient David Cornejo leur tomber dessus. Ils s'écartent d'un bond. David Cornejo se fracasse contre le pavé et ne bouge plus (tandis que le sang coule par ses oreilles et son nombril).

– Elle a photographié ça ?

– Les membres de la commission judiciaire (le représentant de la banque, les deux agents de police, le serrurier, le fonctionnaire exécutant et le fonctionnaire du greffe) enjambent le cadavre de David Cornejo et entrent au numéro 32. Ils montent au cinquième étage et s'arrêtent pour fumer une cigarette pendant que le serrurier force la porte.

– Ça prend combien de temps ?

– Pas beaucoup. Puis ils entrent dans l'appartement et le fonctionnaire du greffe dresse le procès-verbal de saisie. En l'absence de nouveauté digne d'être signalée, les scellés sont apposés sur la porte.

– Et Eufride ?

– Eufride prend des dizaines de photographies du cadavre et des dizaines de photographies des gens (des habitants du quartier qui se pressent sur la place et attendent que la commission judiciaire sorte de l'immeuble).

– Pour quoi faire ?

– Les gens aimeraient emmener les membres de la commission judiciaire sur le toit et les lancer dans le vide, mais (pour l'instant) ils se contentent de les insulter et de leur cracher dessus. Résultat : la commission judiciaire ne sort pas de l'immeuble (elle reste à l'intérieur, apeurée) et attend que les agitateurs se dispersent.

– Et ils se dispersent ?

– Non. La commission judiciaire n'a pas d'autre choix que de demander de l'aide.

– À qui ?

– Les anti-émeutes (quand ils mettent leur gilet) masquent leur numéro d'identification. Le policier anti-émeutes porte un casque (plus que pour se protéger la tête) pour que personne ne voie ses yeux injectés de sang ni sa bouche écumante. Le policier anti-émeutes (pour disperser les agitateurs) dispose d'une matraque, d'un bouclier, de gaz poivre, de plusieurs armes à électrochocs et d'un fusil qui tire des balles en caoutchouc.

– Et de bombes de gaz lacrymogène ?

– Aussi. Pour entrer dans le corps anti-émeutes il faut passer un test psychologique et faire preuve de connaissances en défense personnelle et maniement des armes à feu. Sont sélectionnés les candidats dont l'intelligence ne leur permet rien d'autre que d'obéir à celui qui commande et d'être galvanisés par l'odeur de la peur et du sang.

– Comme les chiens ?

– Oui. Les policiers anti-émeutes empoignent leur matraque comme s'ils s'empoignaient la queue. Le policier anti-émeutes (dans l'intimité de sa chambre) se met la matraque entre les jambes et la caresse (lentement) jusqu'à atteindre l'orgasme. Le policier anti-émeutes aimerait que sa queue ait une forme de matraque et que sa matraque (quand elle réduit les manifestants) ait une forme de queue. Les policiers anti-émeutes arrivent déjà sur la place de l'ancien musée de la Reine Sophie. Ils se mettent en position de charge et (quand ils entendent l'ordre de celui qui a le pouvoir de le donner) ils courent vers les habitants du quartier et les rouent de coups.

– Ils les arrêtent.

– Bien sûr qu'ils font finir par les arrêter, mais avant ils vont s'amuser un peu. Ce qu'ils aiment le plus, c'est frapper les femmes. En général, ils les entraînent sous un porche et leur donnent des coups de matraque. Certains en profitent pour les peloter.

– Et les hommes ?

– Avec les hommes il faut se donner à fond. Les anti-émeutes sont maîtres dans l'art de mettre les pouces dans les yeux, de luxer les épaules, de casser les doigts et les orteils, d'écraser les têtes contre le sol, de donner des coups de pied dans les côtes.

– Ils arrêtent aussi Eufride ?

– Eufride a grimpé à un arbre (ce n'est pas la première fois qu'elle le fait) et de là-haut elle a pris toutes les photos qu'elle voulait. Les anti-émeutes ne l'ont pas vue. Les anti-émeutes lèvent rarement la tête. Ils sont très occupés à regarder vers le sol pour donner des coups de pied aux gens qu'ils mettront ensuite dans les fourgons.

– Pour les emmener au poste.

– Exact. »

Ramón

« Derrière les ruines de l'ancienne gare d'Atocha se trouve la mer de Madrid. L'eau de la mer de Madrid est noire comme de l'encre. Les vagues se brisent contre les rochers des falaises et l'écume saute très haut, si haut que parfois (à ce qu'on dit) elle parvient à mouiller les étoiles.

– Et la lune ?

– Aussi. La mer de Madrid est pleine d'histoires de bateaux qui se sont fracassés contre les falaises avant de sombrer. Personne ne sait combien de bateaux engloutis cachent les eaux de la mer de Madrid. Les cris des noyés (quand la brume tombe) résonnent encore. Là-bas, les anciens disent que la mer précipitait les cadavres contre les rochers encore et encore, jusqu'à ce qu'ils deviennent méconnaissables. Les rochers des falaises sont couverts de croix (une par centaine de défunts). Tous les jours, les mange-ordures sortent de l'ancienne mine d'or, arrivent aux falaises et allument plusieurs torches.

– Pour quoi faire ?

– Les mange-ordures portent des torches aux falaises pour que les bateaux perdus dans la brume se déroutent vers les lueurs et finissent par se fracasser contre les rochers. Un bateau met moins d'une minute à sombrer. Ensuite, la mer de Madrid ramène des corps sur le rivage pendant deux semaines. Elle les précipite encore et encore contre les rochers, puis elle les dépose sur la plage et les laisse là, pour que les mange-ordures récupèrent leurs bagues et leurs dents en or.

– Ils volent les morts ?

– Oui. »

« Les membres de la commission judiciaire (maintenant que les anti-émeutes ont fini de débarrasser la place des indésirables) sortent du porche, font le tour du bâtiment de l'ancien musée de la Reine Sophie et entrent au numéro 119. Ils n'ont pas d'escalier à monter. Le délinquant habite au rez-de-chaussée.

– Comment il s'appelle ?

– Ramón. Ils frappent plusieurs fois à la porte (le fonctionnaire du greffe le consigne dans le procès-verbal de saisie) et personne ne vient ouvrir. Le serrurier s'agenouille, ouvre sa caisse et sort son matériel à faire sauter les serrures.

– Ils entrent dans le logement ?
– Oui. Les membres de la commission judiciaire (excepté le serrurier) passent en revue toutes les pièces. Ils ne trouvent personne.
– Le logement est vide ?
– Non. Dans la cuisine ils voient Ramón. Il s'est pendu à la poutre du plafond. Le représentant de la banque s'approche du cadavre, prend son portefeuille et récupère vingt euros.
– Et les cartes de crédit ?
– Non. »

« Beaucoup de pêcheurs disent qu'ils ont vu les sirènes de la mer de Madrid. Ils les décrivent comme des êtres d'une beauté si extraordinaire que ceux qui les regardent peuvent en devenir fous.
– Et elles chantent ?
– Les pêcheurs de la mer de Madrid disent qu'ils ne sont pas sûrs que les sirènes chantent, c'est-à-dire, les sons qu'elles émettent ne peuvent pas toujours être considérés comme un chant. Ce sont plutôt (ils disent) des murmures qui entrent dans le cerveau et annihilent toute volonté.
– Qu'est-ce qu'ils disent, ces murmures ?
– Personne ne sait de quoi parlent les chants (ou quoi que ce soit d'autre) des sirènes de la mer de Madrid. De même, on ne voit pas bien pourquoi certains hommes les entendent et d'autres non.
– Qui les entend ?
– Les suicidaires marchent le long de l'avenue de la Faim. On dit (d'après ceux qui les ont vus) que les suicidaires marchent avec les yeux révulsés et un vague sourire de

sainteté. Ils passent devant les ruines de l'ancienne gare d'Atocha et arrivent au pied des falaises.

– Et ils sautent ?

– Ils s'approchent tout au bord (le nez de leurs chaussures au-dessus de l'abîme), les yeux vers le bas. Ils regardent les vagues de la mer de Madrid s'élever à plusieurs mètres et s'élancer contre les rochers qui (quand la mer se retire) restent couverts d'écume.

– Et ils sautent ?

– Les suicidaires relèvent la tête et regardent l'horizon (la ligne où le ciel rejoint la mer). Ils regardent les silhouettes des bateaux et les lueurs des plates-formes pétrolières. Alors ils ouvrent les bras en croix et font un pas en avant. Pendant leur chute ils se retournent face au ciel. Il semble (pendant une seconde) que les nuages s'ouvrent et que l'on voie une étoile. L'impact contre les rochers (néanmoins) les renvoie aux ténèbres.

– Et à la mer. »

Ricardo Estrella

« Ricardo Estrella te dit que tu as plus de trois heures de retard. Puis il t'emmène dans une pièce voisine et dans une cour intérieure.

– Qu'est-ce qu'il y a ici ?

– Il y a une forme recouverte d'un drap. Ricardo Estrella tire sur une pointe du drap et dévoile une énorme sculpture. C'est la représentation de Norberto au moment où il a été entouré par les flammes. "Tu l'as terminée ?" (Tu demandes.) "Oui (il dit), la semaine dernière."

– Elle est faite en quelle matière ?

– La statue de Norberto pèse plus de cent kilos. Vous la soulevez et vous la sortez dans la rue.

– Quelqu'un nous voit ?

– Vous ne voyez aucun agent de police. Ricardo Estrella te dit d'attendre là un instant et revient quelques minutes plus tard avec la fourgonnette. Il ouvre les portes arrière et vous mettez la statue de Norberto à l'intérieur.

– Recouverte du drap ?

– Oui. Ricardo Estrella veut que ce soit toi qui conduises. Il te demande (pendant que tu conduis) si tu as lu Kant. Il t'explique que la connaissance de sa propre identité est une connaissance a priori. Il dit : "Nous savons qui nous sommes avant même de commencer à parler. Mieux encore, nous naissons avec la conscience de nous-mêmes." Ricardo Estrella tourne la tête vers toi et t'observe. "Personne ne peut nous dire qui nous sommes (il te dit). Tu me comprends ?"

– Je le comprends ?

– Oui. Ricardo Estrella te dit de te garer devant la Banque centrale des caisses confédérées (ancien Théâtre royal). Vous sortez la statue de Norberto et vous l'emportez sur la place du Kilomètre Zéro.

– Il y a beaucoup de policiers sur la place ?

– Pas plus que d'habitude. Vous déposez la statue devant la station de métro Vodafone, vous la fixez au sol avec des vis pneumatiques et retirez le drap.

– Les gens se souviennent de Norberto ?

– Les gens, peu à peu, entourent la statue. Ceux qui connaissent l'histoire du sacrifice de Norberto la racontent à ceux qui ne la connaissent pas.

– En quelle matière est la statue ?

– Les agents de police qui patrouillent sur les falaises de la côte de Madrid assurent qu'il est impossible d'arrêter les suicidaires parce qu'ils s'abritent derrière les ténèbres et la brume. Les agents de police qui patrouillent sur les falaises de la côte de Madrid disent qu'ils passent les six heures de leur service de nuit à écouter le bruit que font les corps lorsqu'ils heurtent les rochers. Ils ne les ont pas comptés (ils ne peuvent pas les compter), mais il semble que plus de deux cents suicidaires sautent chaque jour. Les agents de police qui patrouillent sur les falaises de la côte de Madrid allument leurs lampes torches et éclairent la mer. La houle berce les cadavres (ils disent).

– Et finit par les ramener sur le rivage.

– Oui. La nouvelle (selon laquelle quelqu'un a scellé [avec des vis pneumatiques] la statue de Norberto) s'est répandue aussi vite qu'on pouvait l'espérer. La place du Kilomètre Zéro (via les sept rues qui convergent vers elle) s'est remplie de mange-ordures, d'étudiants, de chômeurs, de migrants. Ils veulent tous toucher la statue de Norberto. Ils disent que toucher la statue de Norberto porte bonheur.

– Ils sont déjà là ?

– Oui. Les anti-émeutes n'ont ni cerveau ni cœur (ou ils en ont de très peu développés). Les anti-émeutes sont formés pour ne pas penser et pour obéir aux ordres (quels qu'ils soient). L'odeur de la peur et les cris de douleur donnent la trique aux anti-émeutes.

– Et ils bavent ?

– Oui. Les forces anti-émeutes bloquent les sept rues qui convergent vers la place du Kilomètre Zéro et disent aux gens (dans le mégaphone) de s'éloigner de la statue de Norberto.

– Et ils s'éloignent ?

– Non. Les anti-émeutes ne le disent pas deux fois. Ils reçoivent l'ordre d'ouvrir le bal, alors ils sortent la matraque (cette extension de leur queue) et chargent.

– Ils tirent des balles en caoutchouc ?

– Les gens qui se sont rassemblés autour de la statue de Norberto se jettent à terre, se protègent la tête avec les mains et se contentent de crier chaque fois qu'une matraque ou une botte s'abat sur leur corps. Au bout d'une demi-heure, la place du Kilomètre Zéro est remplie de gens couchés et de flaques de sang. Les anti-émeutes ont rengainé leur matraque (comme on range sa queue après avoir tiré un coup) et sont occupés à ramasser les corps immobiles et à les lancer dans le fourgon.

– Ils vont les jeter à la mer ?

– Non. La police ne peut pas desceller la statue de Norberto (fixée par des vis pneumatiques). La police (pour desceller la statue de Norberto) serait obligée d'arracher tout l'asphalte de la place et peut-être encore plusieurs mètres de terre. La police décide (alors) de la détruire. Des agents arrivent avec des masses de fer.

– Ils la cassent ?

– Non. Les masses de fer s'abattent contre la statue et ne lui font pas même une éraflure. Sur la place du Kilomètre Zéro entrent deux engins : une perforatrice et une rainureuse. Elles plantent (sur la statue de Norberto) leurs dents et leurs dards d'acier.

– Elles arrivent à quelque chose ?

– Non. Incontestablement, la matière dans laquelle la statue de Norberto a été sculptée n'est ni du fer ni de l'acier. La matière dans laquelle la statue de Norberto a été sculp-

tée (quel que soit son nom) est indestructible.
– Où est Eufride ? »

Tina

« Eufride a appris à regarder en arrière tous les dix ou quinze mètres pour s'assurer de ne pas être suivie. Le pire ne serait pas qu'on la trouve et qu'on l'emmène dans les locaux de la police (où, dans le meilleur des cas, elle se ferait seulement rouer de coups), mais qu'on la suive jusqu'à l'endroit où elle se rend chaque fois que son appareil est chargé de photographies.
– Quel endroit ?
– Eufride descend l'escalier qui mène aux jardins de Sabatini, où les chômeurs marchent (les mains dans les poches) en regardant par terre. Eufride se dirige vers les anciens bains publics et ouvre à la dérobée une porte en métal.
– Où donne cette porte ?
– Elle accède (alors) à un escalier raide qui descend (dans une obscurité presque totale) jusqu'à un couloir étroit qui se termine par deux portes. Eufride ouvre la porte de droite et entre dans les toilettes pour hommes, où (assis sur un des W.-C.) se trouve Ginés de Montalbán, avec ses ordinateurs.
– Et qu'est-ce qu'il fait là ? »

« Les hauts fonctionnaires du Cube visualisent les cent caméras de surveillance citoyenne de la place du Kilomètre Zéro et donnent l'ordre de retrouver ces délinquants par n'importe quel moyen. La police boucle (alors) le centre de Madrid dans un rayon de cinq kilomètres et cherche rue par rue, appartement par appartement, recoin par recoin.

– Jusqu'à ce qu'elle tombe sur nous ?

– Exact. Tu te sépares de Ricardo Estrella. Les rues se remplissent de policiers. Tu baisses les yeux vers le sol et tu marches vite. Tu penses à Eufride.

– Elle est où ?

– Eufride sort des bains publics des jardins de Sabatini et s'étonne de la quantité de policiers présents dans la rue. Ils ont dû placer la statue de Norberto (elle se dit).

– Elle va où ?

– Elle marche le long de la route, emprunte un des passages souterrains où dorment les mange-ordures et passe par la place sur laquelle se trouvaient (il y a des années, avant qu'elles ne soient emportées au crematorium de la place de Castille) les sculptures de Don Quichotte et Sancho Panza.

– Qu'est-ce qu'elle fait là ?

– Eufride traverse la rue et cherche un endroit par où elle puisse entrer dans la tour de Madrid, évacuée il y a des années.

– Combien d'années ?

– Je ne sais pas. De nombreuses années. Eufride grimpe à une conduite et casse la vitre d'une des fenêtres du deuxième étage. Elle arrive dans un couloir. Le sol est couvert de poussière et de déchets. Les portes des appartements sont sous scellés.

– Elle sait forcer les serrures.

– Eufride arrache les scellés policiers d'une des portes et sort un fil de fer à pointe plate qu'elle met dans la serrure. Elle entre dans un des cinq cents et quelques logements vides de la tour de Madrid. C'est un petit appartement. On n'a même pas laissé les anciens occupants faire leurs valises. Elle s'allonge sur le canapé et (avant de s'endormir) elle pense à toi.

– À quoi elle pense ?

– Elle prie Dieu qu'il ne te soit rien arrivé. Les agents de police patrouillent dans le centre de Madrid. Les voitures cellulaires circulent très lentement. Parfois elles s'arrêtent au bord du trottoir, ils jettent un œil et elles reprennent leur route.

– Ils me cherchent ?

– Oui. Tu arrives à un parc. Tu t'assois par terre. Les branches d'un arbre t'abritent de la pluie.

– J'ai faim.

– Une femme s'approche et t'invite à son carton. "C'est le meilleur endroit pour te cacher" (elle te dit). Sous le carton il fait froid et ça sent mauvais. La pluie résonne comme si elle tombait sur un cercueil. Elle s'appelle Tina. Cela fait des années que tu ne t'es pas couché aux côtés d'une femme.

– Je la prends dans mes bras?

– Non. Vous gardez le silence en vous regardant de près, en entendant (c'est inévitable) le bruit de la pluie.

– Je devrais dire quelque chose ?

– Non. Tina commence à réciter le début d'un roman. Elle sait *Fahrenheit 451* par cœur. Elle prononce très bien l'anglais. Après t'avoir dit les cent premières pages du livre (soudain) elle s'arrête.

– Pourquoi ?

– Les sirènes de la mer de Madrid se sont mises à chanter plus fort que jamais. Les pêcheurs de la mer de Madrid disent que les sirènes ne chantent pas, qu'elles murmurent, mais en fait cela revient au même. Tina sourit avec tristesse et t'embrasse sur le front. Elle pousse le carton qui vous abrite de la pluie, se lève et sort du parc. Elle passe devant l'ancienne gare d'Atocha et arrive aux falaises.

– Elle saute ?

– Tina approche les pieds de l'abîme et reste là à regarder la mer. Les sirènes l'appellent. Leurs voix sont très belles. Elles savent convaincre.

– Elle se joint à elles.

– Tina ouvre les bras en croix et fait un pas en avant. La mer de Madrid ramène les corps sur le rivage. Les cadavres qui arrivent sur le rivage ont les yeux fermés et une expression sur les lèvres que l'on pourrait considérer comme un sourire.

– Parle-moi d'Eufride.

– Les chiens mécaniques policiers sont grands et, naturellement, agressifs. Les chiens mécaniques policiers (comme les anti-émeutes) ont intégré les règles fondamentales de l'obéissance. Le chien mécanique policier exécute les ordres de son maître immédiatement et sans hésiter.

– Quels qu'ils soient ?

– Évidemment. Le chien mécanique policier n'est pas programmé pour flairer des drogues, il n'est pas programmé pour flairer des explosifs, il n'est pas programmé pour flairer des substances illicites. Le chien mécanique policier est programmé pour détecter l'indignation, l'humiliation et la colère. C'est le meilleur moyen de trouver les non-gouvernables.

– Qui ?

– Dans la tour de Madrid il y a plus de cinq cents logements vides. À l'intérieur de la tour de Madrid (en fait) il y a juste Eufride.

– Allongée sur le canapé ?

– Non. Eufride se redresse et écoute. Il lui semble avoir entendu un coup.

– Un coup ?

– Non. Ce n'est pas un coup. Ce sont des pas. Ce sont des griffes de métal contre l'escalier en pierre. Eufride a les genoux qui tremblent.

– Elle a le pistolet ?

– Non. Les chiens mécaniques policiers reniflent le sol et repèrent aussitôt la trace de la colère et de l'humiliation.

– Et de l'indignation ?

– Aussi. Les chiens mécaniques policiers arrivent au deuxième étage et entrent dans le logement où Eufride se cache. Leurs babines se remplissent de bave. Ils savent qu'ils sont tout près.

– Ils aboient ?

– Non. Eufride les attend dans la chambre. Elle sait comment faire face aux chiens agressifs. Elle ne panique pas. Elle reste droite et immobile comme si elle faisait partie des meubles de la pièce. Elle évite le contact visuel (les regards ne doivent pas se croiser). Il est possible (de cette façon) que les chiens se désintéressent et repartent comme ils sont venus.

– Ils se désintéressent.

– Non. Eufride s'adresse à eux. Elle élève la voix et leur ordonne de reculer. Les chiens (qui avaient gardé le silence) se mettent à grogner. Eufride a pris un couteau de cuisine. Elle le sort lentement. Si ses deux premiers coups sont précis, elle a peut-être une chance.

– Ils sont précis ?

– Non. »

Anselmo Cruz

« Un des mange-ordures vole ton carton. Il te dit que tu n'es pas des leurs.

– Je ferais mieux de sortir du parc ?

– Oui. Plusieurs voitures de police circulent à toute vitesse. Tu montes jusqu'à Moncloa et tu vas dans les terrains vagues de la cité universitaire. L'inertie te pousse jusqu'à la faculté de médecine. Tu fais le tour du bâtiment et tu arrives à la porte de derrière, celle qui donne accès aux départements de médecine biomoléculaire.

– J'entre.

– Oui. Tu connais parfaitement le bâtiment. Tu as travaillé combien d'années ici ?

– Je ne sais pas. Cinq. Je crois.

– Il fait noir. Tu te laisses guider par ta mémoire. Tu montes un escalier et tu atteins le couloir du deuxième étage. Tu entres dans ton ancien bureau.

– Il y a quelqu'un qui y travaille ?

– Non. Ta table de travail est toujours au même endroit. Tous les meubles du département sont recouverts de draps. Tu t'étonnes qu'il n'y ait aucun livre.

– Pas même ici ?

– Tu t'assois sur une chaise et tu commences à te rappeler. Sur le bureau situé à côté de la fenêtre travaillait le docteur Andrés Mateo Cabanillas, le chef du département. Vous faisiez des recherches sur les possibles applications de la technologie à l'amélioration du rendement humain. Vous avez fait quelques découvertes. Vous formiez une bonne équipe.

– C'est quoi, cette lumière ?

– Tu te retournes et tu te trouves face à un homme avec une lampe torche. C'est le gardien. Il éclaire ton visage. "Je te connais, toi" (il dit).

– Je travaillais ici.

– Il dit qu'il a vu ton visage à la télévision. Tu es recherché par la police. Tu lui demandes s'il va te dénoncer. Il te dit que non.

– C'est sûr ?

– Tu quittes le département et tu marches dans le couloir qui mène à l'escalier. Le gardien à la lampe torche (une fois que tu es parti) décroche le téléphone et appelle la police.

– Pourquoi il fait ça ?

– Tu sors dans la rue et tu vois que deux agents (appuyés sur leurs motos) t'attendent. "Vous allez devoir nous accompagner" (ils te disent). Tu sors le pistolet et tu les vises à la tête. Tu dis à l'un des deux : "Descends de la moto."

– Je la vole ?

– Tu accélères à fond et tu prends l'avenue de la Complutense. Et là, direction la M-30.

– Je sais où je vais ?

– Le plus important, c'est de ne pas tomber. La M-30 est trempée et les roues glissent à chaque virage.

– Je suis suivi ?

– Un des policiers se rapproche de toi par derrière. Il conduit nettement mieux que toi. Il n'a même pas besoin d'être tout près. Il a l'autorisation de tirer.

– Il tire ?

– Les deux balles passent très loin de toi. Il est très difficile pour un tireur en mouvement d'atteindre une cible en mouvement.

– Je sors de la M-30 ?

– Oui. Tu prends la première sortie que tu vois et tu suis la route côtière. Tu regardes dans le rétroviseur. L'agent de police conduit avec une main sur le guidon et de l'autre il pointe son pistolet sur toi. Les balles passent de plus en plus près. Tu commences à sentir la mer.

– L'agent de police est à deux mètres de moi.

– Tu entends une détonation et tu sens l'impact de la balle contre la roue arrière. La moto part sur la gauche, tu sors de la route et tu es projeté en avant.

– Je me suis cassé quelque chose ?

– Tu es tombé sur le sable. Tu te lèves et tu vois que tu es sur la plage de Delicias. Tu cours vers le rivage. La mer de Madrid est noire comme de l'encre. L'eau est glacée.

– Il faudrait que je nage en longeant la côte.

– Non. Tu nages contre les vagues, qui te soulèvent et essaient de te ramener vers le rivage, où l'agent de police t'attend. De temps en temps une balle siffle, mais très loin de toi.

– L'agent de police n'entre pas dans l'eau ?

– Bien sûr que non.

– Un ressac oblique t'entraîne vers le large. Tu ne tiendras pas beaucoup plus longtemps. Pas à cause de la fatigue, mais à cause du froid. Tes muscles ne t'obéissent plus. Tu as le souffle court.

– C'est la fin ?

– Arrête de pleurnicher et continue à nager. Une vague te soulève et de là-haut tu vois une lueur rouge. Tu nages vers elle.

– C'est quoi, cette lueur ?

– Elle est à dix mètres. C'est le fanal d'un bateau de pêche. Tu cries : "Au secours !" Le pêcheur laisse sa canne et se dirige vers l'endroit d'où vient ta voix.

– Il m'a vu ?

– Oui. Il te lance une bouée (à laquelle tu t'accroches désespérément) et te hisse à bord. "Déshabille-toi si tu ne veux pas mourir d'une pneumonie (il te dit). Je crois que j'ai une chemise et un pantalon dans la cabine."

– Je le remercie.

– Le pêcheur s'appelle Anselmo Cruz. Il sort une bouteille de rhum et te raconte une histoire : "Dans le journal de bord de 1887 d'un pêcheur japonais on peut lire le paragraphe suivant : *Hier à la première heure du matin, nos filets ont attrapé un révérend marin. Il pesait environ une tonne. Il avait une tête de requin et un corps de serpent, des nageoires dorsales et un curieux type d'écailles phosphorescentes. J'ai été impressionné par ses yeux, derrière lesquels il y avait une conscience. L'équipage a commencé à devenir nerveux. Il disait que le révérend marin nous porterait malheur. J'ai dû le relâcher le matin même. Avant de disparaître dans l'océan, le révérend marin s'est retourné vers le bateau et m'a regardé de ses deux yeux intelligents, comme ceux d'une personne. J'ignore ce qu'il a voulu me dire. Je ne sais pas s'il m'a maudit pour l'avoir capturé ou remercié de l'avoir libéré. Peu importe. Je me demande combien d'années devront passer avant que le regard de l'homme ne rencontre de nouveau une créature aussi fascinante*."

– Pourquoi tu me racontes ça ?

– Tu demandes à Anselmo Cruz de t'emmener à la plage de San Cristóbal. Tu le remercies et tu lui souhaites bonne chance pour la pêche. Le sable est doux et blanc comme de la farine. Tu t'y enfonces jusqu'aux chevilles.

– Bien qu'il soit mouillé ?

– Oui. Tu as besoin d'un endroit où te cacher. Tu penses à Eufride et tu te dis que tu devrais aller la retrouver.

– Elle est où ?

– Dans la tour de Madrid.

– Elle va bien ?

– Non. Elle a été dévorée par les chiens. »

3

LA LOI DU TALION

Ginés de Montalbán

« Tu t'appelles Igi W. Manchester, tu as trente-huit ans et cela fait déjà longtemps que tu vis dans le phare abandonné de la côte de Madrid.

– Quelqu'un sait que j'habite là ?

– Pas encore. De là-haut tu observes la mer de Madrid (tu ne te lasses jamais de l'observer : les lueurs des plates-formes pétrolières, les silhouettes des grands navires à l'horizon, le fanal d'Anselmo Cruz, qui continue à essayer de pêcher un révérend marin), et la côte, illuminée (de bleu) par les voitures de police et (de jaune) par le flamboiement constant du crematorium de livres.

– Parfois je pense à Eufride.

– Le squelette d'Eufride est dans un recoin de la tour de Madrid. Cependant, elle n'a pas encore dit son dernier mot.

– Ah bon ?

– Non. Ginés de Montalbán (depuis les anciens bains des jardins de Sabatini) passe en revue les ports du réseau informatique du Cube afin de trouver une erreur (aussi minime soit-elle) qui lui permette d'accéder au système.

– Quelle est sa tactique ?

– Ginés de Montalbán cherche dans les bacs à ordures informatiques. Les documents supprimés peuvent l'aider à mettre un pied dans le réseau.

– Et il a de la chance ?

– Ginés de Montalbán n'a pas de chance. Ce qu'a Ginés de Montalbán (de bien plus utile que la chance), c'est beaucoup de haine accumulée et une capacité de travail (peut-être engendrée par la haine) qui lui permet d'atteindre ses objectifs.

– Même s'il doit attendre neuf ans.

– Exact. Ginés de Montalbán pirate le système informatique du Cube et le rend inaccessible à ses utilisateurs habituels. Il provoque une perte de connectivité et une surcharge des ressources informatiques.

– Je ne comprends pas très bien.

– Le réseau informatique du Cube (pendant quelques minutes) est ouvert à toute personne souhaitant y entrer (et sachant le faire). Ginés de Montalbán commence à copier des dossiers le plus rapidement possible et enfin (tandis que les fonctionnaires-informaticiens du Cube tentent de réparer les ports forcés) il lance le dernier grand bal d'Eufride.

– Quel bal ?

– Tu verras. »

« Avant l'ouragan : avoir à portée de main une radio à piles et une lampe torche. Faire bouillir de l'eau et la mettre dans des récipients avec couvercle. Faire provision d'aliments en conserve. Avoir à disposition des vêtements imperméables et chauds. Faire le plein de la voiture et s'assurer que la batterie est en bon état.

– Et éteindre les appareils électroménagers ?

– Non. Le vent ne se voit que dans les choses qu'il déplace. Le vent est une force invisible qui nous annonce sa présence au moment où la mer de Madrid se déchaîne et projette des vagues de sept mètres contre les rochers des falaises (des vagues qui se brisent et sautent très haut pour essayer [dans leur orgueil] de toucher les étoiles). Le vent, on le voit dans la vibration des réverbères, dans l'entrechoc des mâts du port de plaisance, dans les arbres pliés en deux, dans tout ce qui tombe des immeubles et se casse par terre.

– Et dans le phare ?

– Le phare de la côte de Madrid (en plus de cinq cents ans) a supporté le passage des ouragans les plus violents (comme le grand ouragan de 2011, qui a plongé la ville de Madrid dans la pénurie et le chaos) mais, à l'heure qu'il est, il est plus fragile qu'il ne devrait l'être et laisse les vents forts du large le secouer et fissurer ses murs.

– Je suis en danger ?

– Tu vas l'être. Tu t'assois dans l'escalier du phare et tu ouvres le livre de Norberto sur tes genoux.

– Avec quoi je m'éclaire ?

– Avec une bougie. Il est bon d'attendre l'arrivée d'un ouragan un livre à la main. Il est bon que souffle le vent de la mer en même temps que souffle le vent des souvenirs. *La Chronique des temps anciens* commence par la phrase suivante : *La perte d'identité (ne pas savoir qui nous sommes) est la source de toutes les disgrâces. Je prédis un avenir où l'habitant de la ville de Madrid finira par oublier son propre nom.* Tu as un frisson. Tu refermes le livre.

– Pourquoi ?
– Le docteur Andrés Mateo Cabanillas dirigeait la chaire de physique biomoléculaire et coordonnait un des projets de recherche les plus ambitieux. Il s'agissait d'utiliser la haute technologie informatique pour l'amélioration de l'organisme humain. Tu étais un de ses élèves.
– Nous formions une bonne équipe.
– Un matin, plusieurs agents du Cube se sont présentés au département et ont proposé au docteur Andrés Mateo Cabanillas de créer (en vue d'une utilisation immédiate sur la population) un dispositif sous-cutané d'identification personnelle.
– Comme la puce pour chiens.
– La police n'aurait qu'à approcher un lecteur d'une personne pour savoir qui elle est (et connaître toutes les informations que l'on aurait souhaité ajouter à cet individu). Le docteur Andrés Mateo Cabanillas a écrit une lettre aux fonctionnaires du Cube pour leur dire que jamais il ne mettrait au point un dispositif de ce genre. "La haute technologie informatique doit servir à donner plus de liberté à l'individu (il a dit) et non à l'en priver."
– Il y a eu des représailles.
– Le docteur Andrés Mateo Cabanillas a été expulsé de la chaire de physique biomoléculaire et le lendemain matin il a été retrouvé avec toutes les côtes cassées dans l'escalier du métro Ópera-Ericsson.
– Son domicile a également été fouillé.
– Le docteur Andrés Mateo Cabanillas s'est traîné jusqu'aux portes de l'hôpital et on les lui a fermées au nez. C'est la dernière fois qu'on l'a vu.
– Le phare bouge.

– L'ouragan est arrivé sur la côte de Madrid. Les arbres se plient en deux et leur cime touche le sol. Toutes sortes d'objets volent dans les airs. La pluie est un fouet qui, s'il t'atteint au visage, t'arrache la peau.

– Et les gens ?

– Les gens qui ont perdu leur maison croient qu'ils ont tout perdu et ils ont peut-être raison. Les gens qui ont perdu leur maison (quand ils sont frappés par l'ouragan) cassent les vitres des voitures stationnées et se mettent à l'intérieur.

– Ce n'est pas une bonne idée.

– Non. Les voitures sont soulevées par l'eau et emportées par le courant des rivières que forme la pluie. Il n'est pas rare de trouver (quand passe l'ouragan) des centaines de voitures sur le toit, enlisées dans la boue.

– Avec des gens à l'intérieur ?

– Les gens qui, eux, ont une maison (il en reste de moins en moins) savent plus ou moins ce qu'ils doivent faire.

– Qu'est-ce qu'ils doivent faire ?

– Pendant l'ouragan : rester chez eux. Se tenir éloignés des fenêtres. Couper l'arrivée d'eau. Ne pas avancer frontalement vers une fenêtre ouverte par le vent. Se réfugier dans la pièce la plus petite et (le cas échéant) se coucher sous une table ou n'importe quel objet résistant.

– Et laisser la radio allumée ?

– Bien sûr. »

Saúl

« Madrid est une ville d'immeubles vides. Dans la ville de Madrid (en fait) il y a plus d'immeubles vides que d'immeubles occupés. Il y a plus de gens vivant sous la pluie que de gens ayant un toit.

– Et vivant sous les branches des arbres ?

– Aussi.

– Et vivant dans les barques du Retiro ?

– Aussi. Madrid (avant cela) a essayé de s'agrandir. La ville de Madrid a essayé de dépasser ses propres limites et de s'étendre là où (en réalité) il n'y avait absolument jamais rien eu.

– Et qu'est-ce qui s'est passé ?

– La ville de Madrid (un matin) s'est arrêtée (elle s'est tant étirée qu'elle s'est rompu les os). La ville de Madrid (depuis lors et peut-être pour toujours, qui sait ?) est une ville de grues à l'horizon. C'est une ville d'immeubles à moitié construits. Une ville d'échafaudages, de pelleteuses, de bétonnières, de palissades, de plastiques, de montagnes de briques.

– Et de tranchées.

– Oui, aussi. Les enfants mange-ordures sortent de l'ancienne mine d'or et marchent jusqu'aux terrains vagues où la ville de Madrid a cessé de croître.

– Et ils se mettent à chercher des objets.

– Non. Les enfants mange-ordures devraient se mettre immédiatement à chercher des objets parmi les décombres (autant qu'ils peuvent en porter) et retourner aussitôt à la mine. Cependant, ce sont des enfants et ils aiment jouer. Les grands terrains vagues où la ville de Madrid a cessé de croître (couverts d'engins abandonnés, de conduites interminables, de tranchées semblables à des toboggans) sont leur parc d'attractions privé.

– Ils devraient se dépêcher.

– Oui. Les enfants mange-ordures sont surpris par l'ouragan. La pluie inonde les tranchées et le vent renverse les engins de construction rouillés. Ils n'ont pas d'autre choix que de courir s'abriter à l'intérieur d'un immeuble.

– À moitié construit ?

– Oui. Les enfants mange-ordures ne savent pas allumer un feu et la tragédie les cueille transis de froid et plongés dans le noir.

– Quelle tragédie ?

– Le plafond leur tombe dessus et (avec le plafond) les cinq étages qu'ils ont au-dessus de la tête. On peut supposer qu'aucun des enfants n'a souffert.

– Ils ne s'en sont pas rendu compte.

– Ils ont entendu un bruit (comme une longue fissuration), puis tout est devenu silencieux.

– Il y a eu des survivants ?

– Un. Le petit Saúl a demandé aux autres enfants s'ils n'avaient pas entendu quelque chose dans l'obscurité (un son étouffé par le fracas du vent et de la pluie). Il leur a dit que, lui, il avait entendu une voix, comme s'il y avait eu quelqu'un là-dehors, qui les appelait. Les autres enfants ne l'écoutaient même pas. Le petit Saúl s'est levé et il est sorti de l'immeuble. Le vent l'a poussé et emporté très loin.

– Combien de temps il a été là-dehors ?

– Longtemps. L'ouragan se calme et le petit Saúl ne voit pas l'immeuble dans lequel se sont réfugiés ses camarades (les autres enfants mange-ordures). Il marche vers l'endroit où il devrait être et voit alors les décombres et (parmi les décombres, comme appelant à l'aide) les bras de ses camarades.

– Qu'est-ce qu'il fait ?

– Le petit Saúl fait demi-tour, marche sur le bas-côté de

la M-30 et arrive à l'entrée des anciennes mines d'or. "Où sont les autres ?" (On lui demande.) Le petit Saúl dit qu'ils sont tous morts.

– Tous ?

– Sauf lui. Les mange-ordures sortent des anciennes mines d'or et courent sur le bas-côté de la M-30 jusqu'à ce qu'ils arrivent aux grands terrains vagues où la ville de Madrid a cessé de croître. Le petit Saúl guide les autres mange-ordures. Il montre un tas de décombres (l'immeuble effondré) et dit : "Là."

– Ils voient les corps ?

– Oui. La vengeance est une revanche. La vengeance prend en général l'apparence de la justice. En réalité, elle ne poursuit pas un but réparateur, mais offensif. Plus clairement, la vengeance vise à causer à une personne une douleur équivalente (ou supérieure) à celle qu'elle nous a causée. Si elle donne du plaisir, c'est parce qu'elle émane de la rancœur. C'est la satisfaction de savoir qu'une blessure se referme (enfin).

– Le temps n'a pas d'importance.

– L'homme qui est consumé par le feu de la vengeance sait que le temps ne guérit pas les blessures, mais feint de les refermer. Alors elles s'infectent et se remplissent de pus.

– Exact.

– L'homme qui est consumé par le feu de la vengeance ne veut pas pardonner soixante-dix fois sept fois ni tendre l'autre joue. Pour l'homme qui est consumé par le feu de la vengeance, c'est œil pour œil et dent pour dent. La vengeance consiste (simplement) à rendre le mal.

– Et à rétablir l'ordre.

– Aussi. Les mange-ordures (sous la pluie qui n'arrête pas de tomber) marchent parmi les décombres de l'immeuble effondré et tentent de trouver leurs enfants. Ils poussent tous en même temps pour écarter les pierres. Personne ne pleure. La haine se mêle au sang et l'empoisonne. La vengeance est un des comportements humains les plus fonctionnels. Le cortex préfrontal gauche du cerveau s'active autant lorsqu'on consomme sa vengeance que lorsqu'on assouvit sa faim, sa soif ou son envie de baiser.
– Tu veux dire que se venger, c'est comme se nourrir ?
– Oui. Les mange-ordures font trente trous dans la boue du terrain vague et ensevelissent les trente enfants morts. On dit que la vengeance est douce mais qu'elle laisse ensuite un goût amer. Ce n'est pas vrai. La vengeance est douce et nous laisse dans la bouche un goût sucré qui ne nous quittera pas de toute notre vie.
– Même si on vit mille ans.
– C'est ça. »

Ludmila

« Ginés de Montalbán (caché dans les anciens bains des jardins de Sabatini) allume tous les moniteurs et attend qu'arrive ce qui est sur le point d'arriver.
– Qu'est-ce qui est sur le point d'arriver ?
– Sur toutes les télévisions de la ville de Madrid les programmes sont interrompus et apparaissent les photographies d'Eufride.
– Et dans les cinémas ?
– Sur les écrans de tous les cinémas de la ville de Madrid le film est subitement coupé et apparaissent les photogra-

phies d'Eufride.

– Et sur les ordinateurs ?

– Sur tous les ordinateurs de la ville de Madrid connectés à Internet l'image se fige et apparaissent les photographies d'Eufride.

– Et dans les rues ?

– Sur les écrans publicitaires de la ville de Madrid les publicités disparaissent et apparaissent les photographies d'Eufride.

– C'est quoi, ces photos ?

– Les visages terrifiés de ceux qui vont être expulsés.

– Et quoi d'autre ?

– La police traînant les gens hors de chez eux.

– Et quoi d'autre ?

– Les anti-émeutes (bavants et extatiques) frappant ceux qui protestent.

– Et quoi d'autre ?

– Le corps disloqué de quelqu'un qui a décidé de sauter par la fenêtre.

– Et quoi d'autre ?

– Les portes sous scellés. Les banques et la publicité pour leurs prêts hypothécaires (des femmes jouant au ballon sur la plage).

– Et les milliers de sans-abri dormant sous les cartons ?

– Aussi. Le paquebot de plaisance *Queen Ludmila* n'a pas pu éviter la tempête et son équipage doit désormais résister aux convulsions de la mer. C'est (en réalité) un combat désespéré qui ne peut pas bien se terminer.

– Pourquoi ?

– Un bateau qui navigue près d'un orage court le risque d'être frappé par la foudre. Il est bien connu que la foudre est attirée par les points hauts et que dans la mer (précisément) il n'y a rien de plus haut qu'un bateau, surtout un bateau de la taille du *Queen Ludmila*.

– Il est frappé par la foudre ?

– Le capitaine du *Queen Ludmila* n'a jamais vu de nuages aussi noirs que ceux qui planent au-dessus de la mer de Madrid. Il donne l'ordre de préparer les canots et de distribuer les gilets de sauvetage, ce qui provoque la confusion et le chaos. La foudre tombe tout près. La foudre s'enfonce dans la mer et l'illumine de rouge, comme si un incendie s'était déclaré sous l'eau.

– Ils vont affronter la tempête ?

– Non. Le capitaine du *Queen Ludmila* sait que sa seule chance est de rapprocher le bateau de la côte et de se réfugier près des falaises, où la foudre ne l'atteindra pas. Le *Queen Ludmila* vire lentement, péniblement, tandis que les vagues rugissantes le frappent de côté et semblent sur le point de le faire chavirer. Le *Queen Ludmila* (cependant) reprend sa position et se dirige vers les lumières rouges qui lui indiquent où se trouve la côte de Madrid.

– Les lumières rouges ?

– Oui.

– Celles que mettent les mange-ordures ?

– Oui. Le capitaine du *Queen Ludmila* s'en rend compte trop tard. Le navire fait irruption dans les falaises et un des rochers fend la coque de la proue à la poupe. L'eau entre librement. Le *Queen Ludmila* met quatre minutes à couler par le fond. Ensuite il semble que rien n'est arrivé. Les vagues se brisent contre les pierres. L'ouragan poursuit sa route.

– Il y a des survivants ?

– Non. »

Conchita García

« L'équipe informatique du Cube parvient à supprimer les photographies d'Eufride de tous les écrans de la ville de Madrid. Le mal est fait (néanmoins). Les gens se lèvent de leur chaise et descendent dans la rue.

– Pourquoi ?

– Ils ont tous (rangé dans un tiroir) un courrier de la banque qui les menace d'expulsion. Ils ont tous peur d'être les prochains à être mis dehors de chez eux. Les prochains à mettre leur vie dans deux valises. Les prochains à découvrir l'insalubrité de la pierre. Les prochains à entendre le chant des sirènes. Les prochains à sauter par la fenêtre. C'est pour ça qu'ils décident de descendre dans la rue.

– Ils vont où ?

– Au début ils veulent juste être ensemble. Ils ont besoin de se sentir unis et de penser que, s'ils restent unis, rien de mal ne pourra leur arriver. L'inertie (cependant) les mène à la place du Kilomètre Zéro. Ils s'assoient tous par terre. Au centre se trouve la statue de Norberto, que personne (jusque-là) n'a pu briser ni retirer du sol.

– Ils gardent le silence ?

– La police anti-émeutes arrive. Alors un murmure s'élève. Ils désignent les policiers et les traitent d'assassins, de lâches et de laquais aux mille maîtres.

– Les anti-émeutes réagissent ?

– Les anti-émeutes attendent. On leur a appris à attendre comme attend (tapie) la vermine. Les anti-émeutes ont mis leur casque pour que personne ne les voie baver et ils ont mis leur gilet pare-balles pour faire disparaître leur numéro d'identification.

– Ils reçoivent l'ordre ?

– Oui. On le leur disait à l'école de police, pendant leur formation : frapper un groupe de gens assis est très difficile. Il est conseillé d'oublier la matraque et d'utiliser les pieds. Les bottes ont une pointe d'acier et avec un ou deux coups de pied bien placés on peut provoquer un superbe traumatisme cranio-encéphalique (digne d'une médaille du mérite au travail).

– Ils se défendent ?

– Non. Conchita García travaille au service propreté de la ville de Madrid. Dans deux heures elle devra se rendre à la place du Kilomètre Zéro. Elle emportera ce produit spécial qui va très bien pour nettoyer le sang incrusté dans le sol. Elle ramassera des centaines de chaussures perdues et des centaines de sacs à dos. L'atmosphère sera (comme il convient) celle du calme après la bataille. Au centre de tout s'élèvera (toutefois) la statue de Norberto, immaculée, indestructible.

– Et recouverte d'un drap ?

– Aussi. »

Sancho de Aza

« Combien de passagers étaient à bord du *Queen Ludmila* ?

– Personne ne sait combien de passagers étaient à bord du *Queen Ludmila*. La mer de Madrid a commencé à recracher des cadavres et il se peut qu'elle n'arrête pas de le faire avant plusieurs mois.

– Ou plusieurs années.

– Les secouristes arrivent à la plage de Delicias et constatent que le rivage est couvert de corps. La marée les pousse sur la côte de Madrid et les dépose sur le sable, alignés comme des dominos.

– Ils doivent appeler la police.

– Et la police qui patrouille sur les falaises téléphone aux agents du Cube et ceux-ci (la main tremblante) téléphonent à Sancho de Aza et lui disent de préparer ses hommes, car la mort a débarqué sur la côte de Madrid.

– C'est qui, Sancho de Aza ?

– Sancho de Aza (colonel d'armée) dort dans ses appartements privés du quartier général de Barlovento, au kilomètre 36 de la nationale 7. La radio passe une douce musique martiale et Sancho de Aza (colonel d'armée) rêve de ce dont il rêve toujours : il marche dans la chaleur suffocante de la savane africaine et (soudain) un éléphant apparaît derrière un baobab. Aussitôt, Sancho de Aza épaule son fusil de chasse et vise l'animal au front. Il n'a qu'à appuyer sur la détente. À cet instant il se réveille (le téléphone sonne) avec une érection dans son pantalon de camouflage. "Qui est-ce ?" (Il dit.) Il parle une minute avec les agents du Cube et raccroche le téléphone. Il se regarde dans le miroir et fait un rictus de férocité. Il est sur le point d'entrer (de nouveau) en action.

– Comment ?

– Sancho de Aza (colonel d'armée) sélectionne ses cent meilleurs hommes et se dirige vers les plages de Delicias. Les agents du Cube ont coupé la nationale 7 et les camions de l'armée (l'un derrière l'autre) circulent à la vitesse qu'ils veulent. Sancho de Aza roule en tête. Son regard se perd en un point indéterminé de l'horizon et il s'imagine qu'un troupeau d'éléphants commence à traverser la route. Un virage serré à gauche le sort de sa rêverie. Il prend la première sortie et arrive aux plages de Delicias. Sancho de Aza, bien que vétéran de mille guerres, n'a jamais vu tant de morts réunis.

– Il y en a combien ?

– Je ne sais pas. Je ne les ai pas comptés. Sancho de Aza dit à ses hommes de ramasser les cadavres sur le rivage et de les jeter dans les camions. "On les met comment, mon colonel ?" (Demande un des soldats.) C'est une bonne question. Sancho de Aza (il n'avait pas pensé à ça) regarde un moment les centaines de corps entassés au bord de la mer puis les camions de l'armée et il dit : "Comme des sacs dans une tranchée." Les soldats obéissent. Ils prennent les morts par les pieds et les traînent sur le sable jusqu'aux camions. Là (à deux), ils les soulèvent et les lancent à l'arrière. Deux autres soldats les placent au fur et à mesure comme le colonel le leur a dit, comme des sacs.

– Tous les morts tiennent ?

– Non. Sancho de Aza (colonel d'armée) conduit le camion de devant. Il se dirige vers le stade olympique de Vallecas, inutilisé depuis la cérémonie de clôture des Jeux olympiques de Madrid. Ils entrent par la porte des athlètes (par où [à l'époque] les marathoniens sont entrés triomphalement). Sur la piste d'athlétisme les pelleteuses les attendent déjà. Sancho de Aza (il ne perd pas de temps) descend de son camion et donne l'ordre. Les pelleteuses commencent à creuser et à soulever la terre. Le stade olympique de Vallecas (quelques heures plus tard) est un immense trou. Les soldats sortent les morts des camions.

– Ils tiennent tous dans le trou ?

– Non. Le stade olympique de Vallecas est bien trop petit pour tant de morts. De plus, des corps continuent à arriver sur le rivage.

– Il y avait combien de personnes à bord du *Queen Ludmila* ?

– Beaucoup. »

« Ginés de Montalbán (maintenant que l'ouragan est passé) doit abandonner sa planque dans les anciens bains des jardins de Sabatini le plus tôt possible.

– Pourquoi ?

– La police enquête sur l'origine de la cyberattaque.

– Elle la trouve ?

– Ginés de Montalbán monte l'escalier des anciens bains et sort.

– Il a un plan pour s'enfuir ?

– Oui. Il va au parking des employés de la Banque centrale des caisses confédérées et vole un véhicule de luxe. Il prend la M-30 en direction de la mer.

– À quelle vitesse ?

– L'envie de quitter la ville de Madrid lui fait appuyer sur l'accélérateur plus que de raison. Les caméras (cachées dans les piliers des ponts) s'activent au moment où la voiture dépasse la vitesse maximale autorisée et la seconde suivante les fonctionnaires du Cube savent qu'il s'agit d'un véhicule volé et (en outre) disposent de la photographie du conducteur, qu'ils envoient aussitôt au service de reconnaissance et identification, dont les fonctionnaires s'étonnent d'être de nouveau confrontés à Ginés de Montalbán.

– Nous formions une bonne équipe.

– Ça, tu l'as déjà dit. Les voitures de police éclairent la nuit avec leurs gyrophares bleus. Les voitures de police roulent les phares éteints et dans un silence total.

– Et les motos ?

– Aussi.

– Et l'hélicoptère ?

– Pareil. Ginés de Montalbán les a vus dans le rétroviseur. Il pousse son véhicule au maximum : la carrosserie crisse à chaque virage et (à un centimètre de se retourner) la voiture se met sur deux roues. La police (toutefois) maintient la distance.

– Ils tirent ?

– Non. Ginés de Montalbán se dit que la police a dû couper la route quelques kilomètres plus loin. Elle a dû mettre des barrières et des véhicules blindés en travers. Il donne un coup de volant à droite et prend la première sortie qu'il voit. Il accélère dans la ligne droite et la voiture fait un bond quand elle entre dans le tunnel.

– Mauvaise idée.

– Le tunnel est une souricière. La police va bloquer la sortie et lui ôter toute possibilité de s'enfuir. Ginés de Montalbán lâche un juron et appuie à fond sur la pédale de frein. La voiture fait plusieurs embardées avant de percuter latéralement une des parois du tunnel et s'arrête. Ginés de Montalbán descend de voiture et court vers une des sorties d'urgence.

– Elle est ouverte ?

– Il le faut. Il monte plusieurs volées d'escalier et se jette contre la porte située au bout d'un couloir. Il débouche à l'extérieur et regarde à gauche et à droite.

– Il sait où il est ?

– Oui. Il n'a qu'à descendre la rue et il arrivera à la plage. Ginés de Montalbán ne sait pas s'il doit marcher tranquillement (disparaître / se fondre parmi les autres) ou se mettre à courir pour arriver au plus vite à la mer.

– Qu'est-ce qu'il décide de faire ?

– Il ne peut pas maîtriser sa nervosité et se met à courir. Les policiers sortent de leurs voitures et courent après lui. Les gens s'écartent. Ginés de Montalbán arrive au front de mer, saute sur la plage et court sur le sable (il est mou et doux comme de la farine). Il arrive au bord de l'eau et court jusqu'à la jetée située derrière les rochers. Il regarde derrière lui. Il a une avance de plus de deux cents mètres sur le premier policier. Il pousse une barque dans l'eau, saute dedans et commence à ramer.

– Il va où ?

– Aux plates-formes pétrolières. »

Cecilia

« La loi du talion est la loi la plus profondément inscrite dans la nature humaine. Il n'y a personne qui (après avoir été violemment agressé) ne veuille pas écraser son agresseur. La vie en société (cependant) est impossible si nous ne renonçons pas à cette impulsion.

– Et nous y renonçons ?

– Non. Les mange-ordures ont mis trente petites croix. Ce sont des croix que le vent et la pluie finiront par emporter. Des croix qui semblent indiquer (davantage que l'emplacement des morts) les limites exactes de l'être humain. La vengeance (nous l'avons déjà dit) est sans doute la conduite la plus cohérente.

– Ils murmurent quelque chose.

– Les mange-ordures disent leurs derniers mots aux

trente enfants (qui ne les entendent plus), font demi-tour et sortent du terrain vague. Retenons le nom de Constanza de Villalobos.

– C'est qui ?

– Constanza de Villalobos a ravalé les larmes qu'aucune mère ne voudrait / ne pourrait ravaler. Constanza de Villalobos sait que quelque chose s'est brisé en elle et que son corps s'inonde de sang. Constanza de Villalobos se rend compte (cependant) qu'elle est plus lucide que jamais. Elle sait que la vérité n'a qu'un seul chemin et que le devoir de l'homme (quoi qu'il lui en coûte) est de le parcourir. Sa petite fille s'appelait Cecilia. Ça lui a fait tout drôle de trouver sa tête à dix mètres de son corps. Elle a poussé les décombres avec autant de force (ou plus) que les hommes qui les poussaient (avec elle). Elle a plongé les mains dans la boue du terrain vague et fait à sa fille une tombe, où elle l'a mise en deux fois. Elle a regardé le ciel et n'a rien trouvé. Alors elle s'est tournée vers la mer de Madrid et lui a demandé de lui donner la force (un peu de la sienne) de faire tout le mal qu'on lui avait fait.

– Je lui souhaite bonne chance. »

« Les sirènes de la mer de Madrid n'ont aucun rapport avec l'amour. Les sirènes de la mer de Madrid ne sont pas vraiment des créatures dont on peut tomber amoureux. Les sirènes de la mer de Madrid sont des êtres retors et leur chant est, en réalité, un traquenard musical.

– Et qu'est-ce qu'elles chantent ?

– Personne ne sait ce que chantent les sirènes de la mer de Madrid. Les marins disent que les sirènes ont un chant personnalisé pour chaque victime. Elles attirent chacune par son point faible, qui est (généralement) la curiosité.

– Depuis le phare je peux voir les sirènes ?

– Non. Ginés de Montalbán rame de toutes ses forces. Ginés de Montalbán rame contre le ressac et contre la houle et voit les policiers (qui sont aussi montés dans une barque) cesser de ramer et retourner au rivage.

– Pourquoi ?

– Il y a une étrange brume à la surface de la mer. Ginés de Montalbán se met debout et regarde autour de lui. Il ne voit rien, mais il entend.

– Qu'est-ce qu'il entend ?

– Les sirènes ont commencé à chanter. Les sirènes n'ont pas besoin d'élever beaucoup la voix, car elles sont tout près. Ginés de Montalbán sait qu'il ne doit pas les écouter. Il devrait se boucher les oreilles et crier à tue-tête pour n'entendre que lui-même. Mais la voix est si douce... Et ce qu'elle dit est si tentant... Et si son corps était aussi beau que ce qu'elle chante...

– Il saute à l'eau ?

– Non. Les sirènes apparaissent au milieu de la brume. Ginés de Montalbán observe leurs longs cheveux et leurs seins nus. Ces sirènes ne sont pas nées dans la mer de Madrid. Ces sirènes viennent de très loin, des eaux chaudes des îles grecques, où elles ont coutume de susurrer d'irrésistibles mélodies érotiques. Ginés de Montalbán trouve la sirène qui l'appelle. C'est une sirène qui est capable de déployer deux queues, ce qui lui permet (comme elle le laisse entendre à travers son chant) d'avoir des relations sexuelles avec les hommes. Ginés de Montalbán abandonne sa barque.

– Il nage vers la sirène ?

– Oui. Ginés de Montalbán est peut-être le seul homme au monde à pouvoir faire l'amour avec une sirène. Elle s'étend sur un rocher, sépare ses deux queues et se laisse pénétrer. La sirène n'arrête pas de chanter pendant qu'ils s'aiment et, au comble du plaisir, elle arque le dos et tient (pendant cinq minutes) une note aiguë de soprano. Ginés de Montalbán se dit que ça doit être à ce moment-là que la sirène va le tuer, comme le racontent les légendes. Mais non. La sirène lui embrasse les yeux et lui dit qu'elle l'aimera toujours. Ginés de Montalbán ne tourne pas la tête : il tend le visage au vent pour qu'il sèche ses larmes d'adieux et rame (le cœur à vif) vers la première plate-forme pétrolière.

– Il croise quelqu'un ?

– Il passe tout près de la barque d'Anselmo Cruz. Son fanal est toujours allumé et sa canne continue d'osciller au rythme des vagues. Il n'arrêtera pas avant d'avoir réussi à pêcher le révérend marin. Je n'arrêterai pas (il se dit, tandis qu'il regarde le profil de la côte de Madrid) avant d'avoir la preuve matérielle que tout est possible. Avant d'avoir la preuve définitive que l'homme ne doit jamais perdre espoir.

– Il va finir par le pêcher ?

– Non. »

Constanza de Villalobos

« Pendant l'accomplissement de la vengeance des zones associées au plaisir s'activent dans le cerveau. Les bienfaits émotionnels de la vengeance sont évidents : elle restaure notre équilibre avec l'univers et nous rapproche intellectuellement du concept abstrait de ce qui est bien et ce qui est mal.

– Et elle nous apporte le repos.

– Oui. Il a fallu attendre plusieurs heures (mais qu'importe le temps). Marco Antonio Cabezudo sort par la porte de la Banque centrale des caisses confédérées (dont il est le directeur) et prend la rue des Cinémas. Il ouvre un parapluie. Il arrive à la porte de l'école Saint-Caudillo et reste là à attendre.

– Il attend qui ?

– Constanza de Villalobos l'a suivi. Constanza de Villalobos traverse la rue et (sur le trottoir d'en face) attend également. Par la porte de l'école Saint-Caudillo sort Dolores Cabezudo. Elle porte un uniforme gris et deux couettes. Elle se met sous le parapluie de son père. "On rentre à pied ou tu préfères que j'appelle le chauffeur ?" La fillette préfère marcher. Constanza de Villalobos a de la chance. Elle les suit (la distance minimum est de vingt mètres).

– Ils rentrent chez eux ?

– Marco Antonio Cabezudo et sa fille Dolores se promènent le long du port de plaisance du quartier de Salamanca. La petite aime beaucoup regarder les yachts et les grands bateaux de plaisance. Ils s'approchent du *Lola-Yacht-Segundo*, une embarcation de luxe de couleur rose (un palais flottant). Depuis le pont inférieur, ce qui semble être un majordome les salue. "Bonjour, monsieur Cabezudo" (il dit). La petite Lola agite la main. "Bonjour, Faustino" (elle répond). Et ils poursuivent leur promenade.

– Jusqu'où ?

– Ils arrivent à la Rambla Vieja de la ville de Madrid. La partie centrale est un jardin interminable (un verger de quinze kilomètres exempt de mange-ordures et de chômeurs). De part et d'autre se dressent de petites résidences pour cellules familiales convenables, toutes à l'abri de chênes et d'ifs qui les protègent (depuis des temps reculés, millénaires) de la pluie. Marco Antonio Cabezudo et la petite Lola entrent au numéro 172. À vingt mètres d'eux (c'est la distance minimum), Constanza de Villalobos observe la maison et les murs qui l'entourent. Ils ne sont pas très hauts. Elle se demande s'il y a des caméras de surveillance ou des chiens de garde.

– Elle veut entrer ?

– Oui. »

Dolores

« Tu as un télescope en haut du phare, mais tu ne l'utilises pas encore (tu l'utiliseras bientôt). Tu te rassois dans l'escalier et tu poses de nouveau le livre sur tes genoux. Cette fois tu l'ouvres au hasard.

– À quelle page ?

– C'est une coïncidence. Le livre de Norberto (à la page 44) parle du nombre de centres de recherche qui ont dû fermer définitivement leurs portes.

– Nous aussi.

– Une semaine après la disparition du docteur Andrés Mateo Cabanillas, les hauts fonctionnaires du Cube sont retournés à la faculté de médecine (au département de physique biomoléculaire). Ils vous ont tous réunis pour vous dire que le projet de mise en place du dispositif sous-cutané d'identification personnelle était prioritaire, qu'il devait se poursuivre et que vous aviez été choisis pour le mener à bien.

– Nous avons refusé.

– Vous leur avez rappelé ce que le docteur Andrés Mateo Cabanillas vous disait toujours : la haute technologie informatique doit servir à donner plus de liberté à l'individu et non à l'en priver.
– Et ils sont partis.
– Et le lendemain vous êtes arrivés au département et vous avez découvert qu'il avait été démantelé.
– Ce n'était pas le pire.
– Le soir même ils avaient renversé Dana Cifuentes (votre programmeuse). Ils ont laissé son corps au milieu de la route, à la vue de tous les riverains, jusqu'à ce qu'on daigne le ramasser.
– Cinq jours plus tard.
– Les agents du Cube vous ont ordonné de ne jamais fermer les portes de vos maisons. Elles devaient rester ouvertes pour le jour où ils voudraient entrer.
– Nous ne pouvions pas dormir.
– Tu refermes le livre. *La Chronique des temps anciens* est nécessaire, mais profondément douloureuse. Tu montes en haut du phare et tu laisses le vent (qui entre par les vitres cassées) te fouetter le visage.
– Et la pluie.
– Aussi. »

« Constanza de Villalobos attend que s'éteigne la dernière lumière restée allumée dans la résidence du numéro 172 de la Rambla Vieja de la ville de Madrid.
– Où habite Marco Antonio Cabezudo ?
– Oui. Constanza de Villalobos traverse la rue et s'approche du mur qui entoure la résidence. Il n'est pas trop élevé. Elle met la pointe du pied dans une fissure, prend

une impulsion et se cramponne en haut du mur. Elle regarde le jardin. La piscine chauffée est éclairée. Le vent de la mer agite la balançoire. Les restes du dîner sont encore sur la table de la terrasse couverte.

– Il y a des chiens ?

– Non.

– Des caméras ?

– Non plus. Constanza de Villalobos se laisse tomber d'une hauteur de trois mètres. Elle atterrit sur un tas de feuilles et reste immobile (elle écoute). Elle n'entend rien. Elle passe (vite et tête baissée) derrière la résidence. Elle regarde par une fenêtre. Elle ne voit rien. Il fait noir.

– Ils doivent déjà dormir.

– Oui. Elle casse la vitre de la fenêtre et entre dans la résidence. Elle arrive à la cuisine. Elle n'allume aucune lumière. Elle cherche le tiroir à couverts et prend le couteau le plus grand. Elle marche jusqu'au salon. Il n'y a personne.

– Elle monte l'escalier ?

– Oui. Constanza de Villalobos monte l'escalier qui mène aux chambres. Il est très facile de s'orienter. Marco Antonio Cabezudo ronfle dans la chambre de gauche et au bout du couloir il y a une porte rose. Elle la pousse vers l'intérieur et se retrouve dans la chambre de la petite Lola. Elle dort dans un petit lit collé au mur. Elle tient dans ses bras un petit ours en peluche. Il y a au plafond des étoiles phosphorescentes. Alors elle se souvient de Cecilia, sa fille. Elle s'assoit au bord du lit. Elle sert fort le couteau. Sa main ne tremble pas.

– Et son cœur ?

– Non plus. Une minute plus tard elle sort de la chambre

de la petite Lola, traverse le couloir et descend l'escalier qui mène au salon. Là, elle allume la chaîne hi-fi (elle la met à fond) puis saute par-dessus le mur qui entoure la résidence. Sur la Rambla Vieja de la ville de Madrid pratiquement personne ne passe.

– Elle quitte le quartier ?

– Oui. Quelque chose réveille (fait sursauter) Marco Antonio Cabezudo. Il sort du lit et court éteindre la musique. Il se demande qui a bien pu la mettre. Soudain un pressentiment lui glace le cœur. Il monte l'escalier très lentement. Il dit : "Chérie ?" Mais personne ne répond. Marco Antonio Cabezudo entre dans la chambre de sa fille. Le corps est dans le fauteuil et la tête sur l'oreiller.

– Il y a un mot ?

– Non. »

Nicanor Julepe

« Dans le stade olympique de Vallecas tous les morts ne tiennent pas. Il faut donc réfléchir à une autre solution.

– Quelle solution ?

– Sancho de Aza a l'idée de les mettre au zoo, vide depuis que les animaux (qui ont eu honte du comportement de l'homme) ont décidé de quitter la ville de Madrid.

– Ils sont partis où ?

– Je ne sais pas. Les morts pèsent lourd dans les camions. Les camions sont si chargés qu'ils frottent contre le sol. Les portes du zoo s'ouvrent après on ne sait combien d'années et les camions de l'armée se garent à côté du pavillon des éléphants. Les perforatrices et les pelleteuses sont déjà là. Sancho de Aza descend du camion et donne l'ordre. Les

mâchoires d'acier commencent à broyer la terre.
– Qu'est-ce que ça sent ?
– L'éléphant. Sancho de Aza (l'odeur ravive le souvenir) se rappelle ses opérations en Afrique. Tuer des Noirs c'était bien, mais ce n'était rien comparé à tuer des éléphants. Il se souvient que (dans les courtes périodes de paix) il prenait le fusil de chasse pour grands mammifères et (accompagné d'un guide local) partait dans la savane brûlante pour suivre les traces des pachydermes. Il les trouvait généralement au bord d'une rivière, où ils se rafraîchissaient et rafraîchissaient leurs petits. Il s'approchait du mâle dominant et visait la tête, plus précisément l'os frontal. Il appuyait sur la détente et l'éléphant ne tombait pas, mais s'écroulait littéralement comme un édifice, s'effondrait à ses pieds. Sancho de Aza, à cet instant, le regardait dans les yeux. Il lui faisait comprendre que dans la savane africaine le seul mâle dominant, c'était lui.
– Ils tiennent ?
– Non. Les morts ne tiennent pas non plus dans le pavillon des éléphants. Sancho de Aza décide de faire enterrer les morts dans les fossés. Il en donne l'ordre aussitôt. Les pelleteuses et les perforatrices sortent du zoo et prennent la direction de la M-30. Elles creusent les fossés et les bas-côtés pendant des heures, pendant des jours et des jours, jusqu'à ce que la tranchée puisse recevoir le contenu des camions.
– Dans les fossés ?
– Oui.
– Vraiment ?
– Oui. »

« Le chômeur de la ville de Madrid est un dégradé social

et il croit que celui qui a perdu son travail a (en réalité) tout perdu. Le chômeur de la ville de Madrid est un être invisible qui ne fait pas partie du monde. Dans les parcs de la ville de Madrid, les chômeurs s'assoient au pied des arbres pour avaler leur échec, leur infériorité, leur inutilité et leur dépendance. Digérer tout cela (comme on peut l'imaginer) fatigue et provoque des insomnies.

– Et de l'acidité ?

– Aussi. »

« Nicanor Julepe a passé trois ans (au moins) dans les camps d'entraînement du Cube. On lui a appris à s'orienter dans l'entrelacs de rues de la ville de Madrid comme s'il s'agissait du couloir de sa maison. Il connaît tous les recoins (les tanières urbaines dans lesquelles un homme pourrait se cacher). On lui a aussi appris à suivre l'odeur de la peur à la trace.

– Ça sent quoi, la peur ?

– L'eau de Javel. On lui a appris à trouver les personnes qui se cachent. À leur tomber dessus. À les faire disparaître.

– Il cherche qui ?

– On a achevé d'effacer chez Nicanor Julepe la ligne diffuse qui sépare ce qui est bien de ce qui est mal. Ce matin il est sorti du bâtiment du Cube, il a humé l'air pendant quelques minutes et (sans hésiter) il s'est mis à marcher vers le phare abandonné de la côte de Madrid.

– C'est moi qu'il cherche ?

– Nicanor Julepe (c'est son travail) cherche un homme qui s'appelle Igi W. Manchester (de près de quarante ans).

– Je dois quitter le phare ?

– Oui.
– Et après ?
– Courir. Mais tu fais l'erreur de croire que tu as encore du temps. Tu ranges le livre de Norberto et tu jettes un coup d'œil dans le télescope. Tu ne regardes pas la mer, mais la terre : le bois, les falaises, les plages, le front de mer. Et tu le vois.
– Qui ?
– Nicanor Julepe mesure plus de deux mètres et bouge à peine les bras quand il marche. Il se déplace en ligne droite. Tu te demandes s'il est capable de traverser les murs.
– Je l'attends là ?
– Je t'assure qu'il vaut mieux que tu partes en courant. Tu descends l'escalier du phare et tu sors. Tu vas dans la pinède. Tu te tapis et tu attends.
– Quoi ?
– Nicanor Julepe défonce la porte du phare et réapparaît en haut quelques secondes plus tard. Il semble déconcerté. Il était sûr qu'il te trouverait là. Il hume l'air de nouveau et tourne (alors) la tête vers la pinède et regarde exactement à l'endroit où tu te trouves. Tu es trempé (davantage que de pluie) de sueur. Tu fais demi-tour et tu te mets à courir. Au bout de cent mètres tu t'arrêtes. Tu regardes derrière toi. En haut du phare il n'y a plus personne. À l'entrée de la pinède il y a Nicanor Julepe. Il te regarde fixement. Il se dirige vers toi à grandes enjambées. Tu songes qu'un de ses pas équivaut à trois des tiens. De plus, tu dois te débattre contre les broussailles et les brusques dénivelés du terrain. Des bruits résonnent dans ton dos. Nicanor Julepe (tu te dis) doit abattre les arbres à la main.
– Je peux me cacher quelque part ?

– Non.
– Je traverse la route ?
– Tu ne peux pas.
– Pourquoi ?
– Les fossés ne sont pas encore rebouchés. »

Serafín Alonso

« Après l'ouragan : emmener les blessés dans les lieux d'urgence. Veiller à ce que les aliments soient propres. Boire uniquement de l'eau portée à ébullition et mise en bouteille. Examiner l'état de la maison. Ne pas remettre le gaz. Évacuer l'eau stagnante. Ne pas marcher sur les câbles électriques.
– Ni longer les maisons ?
– Non plus. Serafín Alonso a été renvoyé de son travail il y a cinq ans et s'emploie depuis à mendier et à vendre les meubles de sa maison. Il passe son temps dans le parc de San Isidro à regarder par terre et à marcher les mains dans le dos. Aujourd'hui (toutefois) c'est différent.
– Pourquoi ?
– Serafín Alonso a tenu dans ses bras une petite fille qui n'arrêtait pas de pleurer. L'ingestion d'on ne sait quoi trouvé par terre lui a provoqué une infection intestinale. Il l'a emmenée à l'hôpital. Ils sont allés aux urgences et on leur a demandé leur carte d'assurance-maladie. Après on les a mis dehors.
– Et la petite fille ?
– La petite fille continue de pleurer dans le parc de San Isidro. Les chômeurs marchent en cercle et s'arrêtent de temps à autre pour se mettre dans la bouche des comprimés

contre la dépression.

– Et contre l'anxiété ?

– Aussi. Serafín Alonso monte sur la fontaine à cinq jets et demande à tous les chômeurs de se rassembler autour de lui, car il veut leur dire quelque chose.

– Qu'est-ce qu'il veut leur dire ?

– Serafín Alonso (du haut de la fontaine à cinq jets) dit aux chômeurs qu'il en a assez de regarder par terre, qu'il en a assez de marcher en cercle et, surtout, qu'il en a assez d'avoir les mains dans le dos. "Quelqu'un nous les aurait-il attachées ?" (Il demande.)

– Qu'est-ce qu'ils répondent ?

– Que non. Serafín Alonso dit qu'il pense qu'ils devraient faire quelque chose. Il propose (la pluie crépite autour de lui) d'aller dans les supermarchés et de voler des boîtes d'œufs.

– Pour quoi faire ?

– Personne ne dit rien. Serafín Alonso descend de la fontaine à cinq jets (du parc de San Isidro) et dit : "Si quelqu'un veut me suivre, qu'il me suive."

– Et quelqu'un le suit ?

– Oui. Douze chômeurs suivent Serafín Alonso. Ils sortent du parc de San Isidro, traversent le pont de Tolède (sous lequel le Manzanares se jette dans la mer de Madrid) et arrivent sur le front de mer de Delicias. Ils entrent dans le premier magasin d'alimentation et disent au vigile (quc devient un homme quand on lui donne un uniforme ?) qu'ils vont emporter toutes les boîtes d'œufs qu'ils trouveront et qu'ils espèrent qu'il ne fera rien pour les en empêcher. Serafín Alonso précise que, s'il fait quelque chose pour les en empêcher, ils n'auront d'autre choix que d'utiliser la force contre lui.

– Et que fait le vigile ?

– Nous avons tous besoin de savoir qui nous sommes dans la société. L'uniforme sert (à celui qui le porte) à montrer quels sont les paramètres de son identité. L'homme est l'uniforme qu'il porte. L'homme qui porte l'uniforme cesse d'être un individu et devient un groupe, une marque, une idée, des obligations de comportement. Les chômeurs (menés par Serafín Alonso) n'ont eu d'autre choix que de réduire par la force le vigile, qui pensait que l'uniforme lui suffirait à imposer sa volonté. Ça a été vite. Il a reçu un coup de marteau sur la tête et il est parti dans un coin retenir son sang de ses mains. Le Chinois du comptoir ne parlait pas et ne bougeait pas. Il regardait juste les chômeurs le voler. Serafín Alonso et ses douze disciples ont emporté (au total) cinquante-deux boîtes d'œufs.

– Qu'est-ce qu'ils vont faire de tous ces œufs ?

– Le bâtiment du Cube est un bloc de béton qui n'a ni portes ni fenêtres. Les fonctionnaires du Cube travaillent quinze heures par jour, mais ils ne se plaignent pas, car (comme ils le disent eux-mêmes) c'est un emploi à vie. Les fonctionnaires du bas de l'échelle (l'immense majorité d'entre eux) s'isolent dans un box et passent leur temps à regarder l'écran de leur ordinateur et à faire tout ce qu'on leur dit. Un des fonctionnaires (le responsable de la visualisation ininterrompue des caméras de surveillance) repère un groupe de treize personnes qui s'approchent de trop près du bâtiment.

– Il donne l'alerte ?

– Pas encore. Serafín Alonso et ses douze chômeurs s'approchent du bâtiment du Cube plus que personne ne s'en est jamais approché. Ils ont tous les jambes qui tremblent et le cœur prêt à bondir hors de la poitrine. Il faut le faire rapidement.

– Faire quoi ?

– Serafín Alonso et ses douze chômeurs ouvrent les boîtes et lancent les œufs (un par un) contre le bâtiment du Cube. Les œufs se cassent et restent collés. L'alarme sonne dans toute la ville. Ils doivent se séparer et partir en courant. »

« Écoute-moi. Tu ne peux pas te payer le luxe d'être fatigué. Si tu es poursuivi par quelqu'un (ou quelque chose) comme Nicanor Julepe, tu ne peux pas te dire que tu es fatigué parce que, si tu es fatigué, tu meurs. Tu comprends ?

– Oui.

– Tu devrais aussi savoir où tu vas. Si tu es fatigué, c'est (peut-être) parce que tu cours sans réfléchir. Fais-moi confiance et sors dès que possible de la pinède. Cherche un endroit où tu aies l'avantage.

– Quel genre d'endroit ?

– Tu descends le long de la route et tu cours vers le front de mer, qui est désert. Au bout de vingt mètres, tu tournes la tête et tu regardes derrière toi. C'est une mauvaise habitude. Chaque fois que tu regardes en arrière, tu offres quelques secondes à ton poursuivant.

– Il est encore là ?

– Tu peux le voir toi-même. Nicanor Julepe te regarde fixement (il va te chercher, sans hâte, et gagne du terrain) comme si dans le monde (dans la ville de Madrid) il n'existait rien d'autre que toi. Tu te diriges vers le pont de Tolède.

– Je passe de l'autre côté ?

– Non. Tu descends un escalier de pierre qui conduit à

l'embouchure du Manzanares, là où il rejoint la mer de Madrid.

– Qu'est-ce que je fais là ?

– Le delta du Manzanares est un terrain marécageux où il est très difficile de marcher. Tu te dis que pour une personne de plus de deux mètres et de cent soixante-dix kilos (comme Nicanor Julepe) c'est tout simplement impossible.

– Je regarde derrière moi.

– Tu ne devrais pas. Regarder en arrière commence à devenir un réflexe. Nicanor Julepe (effectivement) s'enfonce dans la boue du marais jusqu'à la taille et peut à peine avancer. Il lève la tête et te lance un regard qui est une promesse de meurtre. Tu fais demi-tour et tu te remets à courir. Nicanor Julepe jure à voix haute et se débat (désespérément) contre la viscosité argileuse du marécage.

– Et moi, je vais où ?

– Dans le delta du Manzanares le seul chemin (par lequel tu puisses courir sans t'enfoncer jusqu'au cou) est celui qui mène aux anciens chantiers navals.

– Il y a encore quelqu'un là-bas ?

– Non. »

Le docteur Atienza

« Serafín Alonso et ses douze chômeurs (à vrai dire) ne vont pas très loin. Plus de cinquante policiers les visent directement à la tête et leur disent qu'ils ont l'ordre de tirer s'ils font tout autre geste que celui de se rendre. Serafín Alonso et ses douze chômeurs haussent les épaules. Ils voulaient jeter des œufs contre la façade du Cube et ils l'ont fait. Les conséquences (au niveau neuronal) sont infiniment plus satisfaisantes que l'effet des antidépresseurs.

– Ils les emmènent au poste ?

– Ils les font entrer dans le fourgon en les menaçant de leur arme, puis dispersent toutes les personnes qui sont venues voir ce qui se passait. Demain la presse et les journaux télévisés rabâcheront que les rumeurs qui circulent dans la ville de Madrid sont fausses : on n'a jamais jeté d'œufs contre le bâtiment du Cube.

– Et treize individus ont été arrêtés ?

– Non. Ça aussi, c'est faux. Les policiers (hommes d'action) s'ennuient dans les commissariats. Les policiers (individus téméraires et justiciers) sont blasés par le travail de bureau, la sonnerie du téléphone, le ronronnement de la machine à café, le chuintement de l'imprimante. C'est pourquoi ils apprécient que (de temps à autre) leurs collègues leur ramènent quelques détenus.

– Qu'est-ce qu'ils leur font ?

– Ils disent aux treize derniers détenus de la ville de Madrid qu'ils ne sont pas au chômage, que c'est plutôt qu'ils n'ont jamais travaillé de leur putain de vie et que (vu la gueule qu'ils ont) ça ne les étonne pas du tout. Ils sortent les treize derniers détenus de la ville de Madrid dans la cour du commissariat et les mettent tous face au mur. Le premier qui se retourne se prend une beigne. Ils ne peuvent ni s'asseoir, ni parler entre eux, ni aller aux toilettes. Les treize derniers détenus de la ville de Madrid (au bout de quelques heures) ont fait dans leur froc.

– Et les policiers, qu'est-ce qu'ils font ?

– Rien. Ils rient. Dans les commissariats de la ville de Madrid on refuse toute assistance sanitaire aux blessés et aux personnes qui se sentent mal. Les policiers des commissariats de la ville de Madrid n'ont pas envie de s'identifier et ne s'emmerdent pas à s'identifier. Les treize derniers détenus de la ville de Madrid entrent (un par un) dans la salle d'interrogatoire. Là, ils se retrouvent devant deux policiers encagoulés et deux battes de baseball.

– Ils les frappent ?

– Bien sûr que non. Serafín Alonso n'a pas droit à un avocat. Ils remettent les menottes à Serafín Alonso et lui disent de s'asseoir.

– Ils lui donnent de l'eau ?

– Non. Les deux policiers encagoulés lui disent que lui et sa bande de loqueteux ont tenté de commettre un attentat contre le bâtiment du Cube (le cerveau et le cœur de la ville de Madrid). Ils lui disent qu'ils finiront tous en prison mais que lui recevra (en tant que meneur) un traitement de faveur. Serafín Alonso est serein. Il regarde le policer encagoulé et lui dit que ceux qui ont perdu leur travail ont tout perdu et qu'il leur est égal de vivre dans un distributeur automatique ou dans une cellule, de dormir par terre ou sur un grabat, de se promener (les mains dans le dos en regardant par terre) dans un parc inondé par la pluie ou dans une cour avec des barbelés et des tours de surveillance. Il lui explique (pour finir) qu'il voulait jeter des œufs contre la façade du Cube et que c'est exactement ce qu'il a fait. Ils peuvent donc le mettre deux ans ou deux mois en prison. Cela ne changera rien à l'histoire. Les policiers encagoulés ont gardé le silence pendant tout ce temps. Ils laissent toujours les détenus parler en premier (se détendre et être sûrs d'eux). En réalité ils ne les écoutent pas. Ils les regardent seulement dans les yeux et se demandent (décident) à quel endroit ils vont leur donner le premier coup en essayant de deviner combien de temps ils vont tenir avant de grimacer de peur, d'éclater en sanglots et de demander pardon.

– Combien de temps ils tiennent en général ?

– Pas longtemps. Serrer les menottes au maximum déclenche une douleur intense qui (cependant) n'est rien en comparaison de la douleur qu'éprouve le détenu quand ses avant-bras commencent à enfler.

– En quoi consiste le supplice de la suspension ?

– Le détenu doit être menotté les mains dans le dos. Les policiers s'emploient à lever les menottes le plus haut possible, ce qui produit une douleur terrible dans les articulations des épaules. Ensuite (épuisé) le détenu tombe à terre et là ils le frappent à la poitrine et dans les côtes (coups qui ne laissent presque pas de marques). Ils laissent le détenu reprendre son souffle et terminent (provisoirement) par de fortes torsions sur les poignets et des pressions sur les yeux avec les pouces.

– Et après ils le laissent tranquille ?

– Non. Dans les commissariats de la ville de Madrid il n'y a pas de matériel d'enregistrement audiovisuel, encore moins dans la salle d'interrogatoire. Les policiers des commissariats de la ville de Madrid aiment beaucoup faire le téléphone, c'est-à-dire frapper les oreilles du détenu les mains ouvertes. Il s'agit (plus qu'on ne pourrait le croire) d'une technique très délicate qui exige une très haute précision. Parfois le policier frappe les oreilles du détenu mais (à sa grande déception) ne lui brise ni les tympans ni rien d'autre. Il faut de nombreuses années d'entraînement pour perfectionner la technique et arracher (outre des cris de douleur) des applaudissements d'admiration.

– C'est ce qu'ils font à Serafín ?

– Ils mettent aussi à Serafín Alonso un sac sur la tête. C'est (en réalité) une vieille pratique d'asphyxie. L'oxygène s'épuise très vite dans un sac en plastique et le détenu panique en à peine vingt secondes. Ses muscles se crispent et ses articulations tremblent, cela mérite d'être vu. Ensuite (quand on retire le sac) le détenu fait un bruit étrange avec la gorge et vomit. Parfois il fait dans son froc. Le fait qu'il fasse dans son froc est mauvais signe quant à l'habileté de l'agent de police. Cela signifie que sa technique est très loin d'atteindre l'excellence. Serafín Alonso s'effondre sur le sol comme un sac de chaînes. Peu à peu (pour s'éloigner des policiers) il se traîne jusqu'à un coin. Il ne peut pas aller plus loin.

– Combien de temps ils vont le détenir ?

– Dans les commissariats de la ville de Madrid on ne garde pas les détenus plus longtemps que le strict nécessaire. Ils donnent un papier à Serafín Alonso pour qu'il le signe. C'est une déposition. Ils lui disent que s'il signe il pourra rentrer chez lui, où qu'il vive, si toutefois il vit ailleurs que dans la rue. Le stylo tremble dans la main de Serafín Alonso.

– Il signe ?

– Oui. Les deux policiers encagoulés s'en vont et le laissent seul quelques minutes. Puis la porte s'ouvre et ils reviennent, accompagnés (toutefois) du médecin. "Bonjour (il dit), je suis le docteur Atienza." Il lui demande s'il a subi de mauvais traitements de la part des deux policiers ici présents. Serafín répond que non (ils lui font signer un autre papier). Le docteur Atienza ouvre sa mallette, pose le rapport médico-policier sur la table et écrit : *pas de blessures*.

– Ils le libèrent ? »

Clemente

« Tu arrives aux anciens chantiers navals de la côte de Madrid. Tu vois les tours, les portes mobiles et les grues électrohydrauliques, le tout couvert de rouille et de suie. Tu connais le *Clemente* ?

– Non.

– Le *Clemente* était un navire marchand de cinquante mètres de long et de plus de cinq mille cabines. Il est arrivé sur la côte de Madrid (pour sa remise en état) il y a plus de dix ans, juste avant les grèves des chantiers navals et le licenciement consécutif de tous les travailleurs. Aujourd'hui ce n'est plus qu'un immense tas de ferraille. Il y a plusieurs trous dans la coque. Tu entres par un de ces trous et tu cherches (il n'y a pas de temps à perdre) les réservoirs d'huile et la salle des machines.

– Pour quoi faire ?

– Une heure s'est écoulée. Tu es dans une des cales, caché derrière un moteur.

– Qu'est-ce que je fais là ?

– Tu attends.

– Quoi ?

– Tu entends des pas. Un écho métallique les multiplie à l'intérieur du navire. Nicanor Julepe est arrivé. Il hume l'air et va là où tu te trouves. Tu retiens ton souffle.

– Il est là.

– Nicanor Julepe vient d'entrer dans la cale. Il marche vers toi. Rien d'autre que toi n'existe dans le monde. (Même) les énormes flaques d'huile sur lesquelles il marche n'existent pas. Tu allumes un chalumeau et tu le laisses tomber par terre. Tu cours vers l'autre porte. Tu regardes derrière toi. La cale est en flammes. Nicanor Julepe tente d'avancer vers toi, mais il ne peut pas. Le feu le dévore vivant. »

4

NOUS SOMMES TOUS INVITÉS DANS LA MAISON DE DIEU

Kumala

« Tu t'appelles Igi W. Manchester. Tu as quarante-trois ans et tu vis dans un bac de recyclage papier.

– Pourquoi ?

– Les bacs de recyclage papier sont les appartements de luxe de la ville de Madrid.

– Pourquoi le bac papier ?

– Ceux qui ont perdu leur maison croient qu'ils ont tout perdu et ils ont peut-être raison. Ceux qui ont perdu leur maison marchent sur le bas-côté de la M-30 et arrivent aux anciennes mines d'or. On leur a dit qu'ils pourraient habiter là aussi longtemps qu'ils voudraient. Mais ça, c'était avant. Dans les anciennes mines d'or il n'y a désormais plus de place.

– Et qu'est-ce qu'ils font ?

– Les règles de vie dans la rue ne sont pas simples (elles sont parfois contradictoires) mais le mange-ordures, s'il veut survivre, doit les apprendre dès que possible.

– En quoi elles consistent ?

– Le mange-ordures doit trouver un carton à sa taille et écrire son nom au marqueur. Le mange-ordures doit essayer de dormir dans un parc (l'herbe est un amortisseur naturel), mais il ne doit pas s'éloigner des zones éclairées ni des gens qui font comme lui. Il évitera ainsi d'être harcelé par la police.

– Il n'y a plus de place dans les parcs.

– Le mange-ordures peut aussi dormir sur la plage (le sable de la côte de Madrid est fin et blanc comme de la farine). Il est important (cependant) qu'il regarde bien la laisse de haute mer et reste toujours au-dessus.

– Et on y dort bien ?

– Il est très difficile de dormir dans la ville de Madrid. Peu importe qu'on couche dans un lit ou qu'on s'allonge sur une pierre. Dès qu'on ferme les yeux on entend le murmure des morts.

– De quels morts ?

– Les fossés de la ville de Madrid sont remplis de morts. Les voitures qui circulent sur la M-30 se mettent à vibrer mystérieusement et les conducteurs en ont la chair de poule. Parfois ils sont obligés de mettre la radio à fond. Ce n'est que de cette façon qu'ils arrivent à ne pas entendre les cris d'agonie des bouches pleines de terre.

– Elles disent quelque chose ?

– Oui, mais on ne les comprend pas. Tu as lu les journaux, les revues, les notices, les cours, les prospectus, tout ce qui se trouve dans ton bac de recyclage papier. Tu n'as plus rien d'autre à lire que le livre de Norberto, c'est-à-dire *La Chronique des temps anciens*.

– Attends.

– Le couvercle de ton bac de recyclage papier s'ouvre et apparaît le visage d'un Noir. Tu lui dis que tu occupes déjà ce bac et qu'il vaut mieux qu'il aille dormir ailleurs. Le Noir entre dans ton bac de recyclage papier. Tu essaies de l'en empêcher, mais il est bien plus fort que toi. Il se laisse tomber jusqu'au fond. Il se couvre entièrement avec tout le papier qu'il trouve et ne bouge plus. On l'entend un peu respirer.

– C'est qui ?

– Quelques secondes plus tard le couvercle de ton bac de recyclage papier se rouvre et tu vois deux agents de police. Ils t'éclairent avec une lampe torche. "On cherche un nègre" (ils te disent). Tu hausses les épaules. Ils t'expliquent qu'un nègre a été vu en train de se promener dans le quartier comme si de rien n'était. "Tu l'as vu ?" (Ils te demandent.) Tu leur dis que non. Les policiers pointent encore une fois la lampe torche sur toi et s'en vont.

– Ils ne m'arrêtent pas ?

– Non. Le Noir émerge parmi les papiers et te remercie. Il te dit qu'il s'appelle Kumala. Puis il te demande ce que tu lis. Tu réponds : "*La Chronique des temps anciens*."

– J'en étais où ?

– Norberto a écrit la phrase suivante : *Mes pires craintes sont devenues réalité : les agents du Cube entrent dans nos maisons et nous emmènent pour un voyage sans retour. Les animaux ont abandonné la ville de Madrid. Cela fait un an que le soleil ne s'est pas levé. Il ne cesse de pleuvoir et la mer de Madrid est devenue noire comme de l'encre.*

– C'est inexact.

– Tu trouves que Norberto n'explique pas vraiment bien. Les agents du Cube n'entraient pas dans la maison de n'importe qui et n'emmenaient pas n'importe qui pour un voyage sans retour. Les agents du Cube s'en prenaient à ceux que la pluie n'avait pas encore endormis complètement.

– À nous.

– Oui.

– Les non-gouvernables.

– Oui. Kumala ouvre le couvercle de ton bac de recyclage papier et regarde à droite et à gauche. Il te remercie (encore) et te dit qu'il doit partir d'ici. "Je n'ai pas passé soixante-dix heures dans la mer de Madrid pour finir sous un tas de papiers" (il te dit). Tu comprends qu'il a envie d'avoir le sentiment d'être un homme libre. Cela te fait tant de peine…

– Pourquoi ?

– Kumala sort de ton bac de recyclage papier et se met à courir en direction des terrains vagues. Il veut arriver au plus vite au quartier de pêcheurs d'Usera. On lui a dit que là il pourrait trouver du travail : laver la cuisine d'un restaurant (par exemple).

– Et c'est vrai ?

– Non. Kumala descend le long du cynodrome, traverse la rue et entre dans le premier terrain vague. Il sait que là seules l'obscurité et la pluie, la terre mouillée et la peur l'attendent, mais (s'il ne faiblit pas) il arrivera au quartier de pêcheurs.

– Il y parvient ?

– Non. Il n'a pas fait vingt mètres que l'obscurité du terrain vague s'illumine de bleu. Un agent de police parle depuis la voiture. On lui dit (on lui ordonne) de se mettre à genoux, les mains derrière la nuque.

– Et qu'est-ce qu'il fait ?

– Kumala (*Je n'ai pas passé soixante-dix heures dans la mer de Madrid pour finir à genoux dans une flaque*) fait demi-tour et part en courant. Les policiers veulent le suivre en voiture, mais les roues s'enfoncent dans la boue et tournent dans le vide. Or, ce n'est pas la peine de courir après lui. On sait bien que les Noirs sont rapides et qu'ils disparaissent dans l'obscurité. Kumala entre dans le cimetière.

– Celui des Anglais ?

– Oui. Il saute comme un cabri par-dessus les tombes et court (vite) dans les longues allées de niches funéraires. Il veut atteindre l'autre sortie avant l'arrivée de la police.

– Il l'atteint.

– Non. Un policier le menace de son arme. Kumala (il n'a pas eu peur de la mer [immensément nue], il ne va pas avoir peur d'un type en uniforme) plante les pieds dans le gravier et dérape sur quelques mètres. Puis il saute vers l'obscurité. Il s'éclipse derrière une tombe. Il a disparu. La police le cherche en vain. "Putains de bamboulas" (dit un agent).

– Il est où ?

– Il a grimpé (la police ne regarde jamais vers le haut) au faîte d'un cyprès. De là-haut il saute et atterrit les deux pieds sur le mur. Il fait plus de cinq mètres de haut. Il plie les genoux pour ne rien se casser. Le choc contre le trottoir fait sursauter les policiers, qui tournent la tête et le voient. L'un deux dit : "Pas un geste, bamboula." Kumala part en courant. Il est agile comme un chat.

– Ils le poursuivent ?

– Oui. Kumala (il se dit à lui-même) est fatigué de courir,

mais il n'a pas le choix. Les policiers montent sur leurs motos et démarrent. Les motos ne font pas de bruit et les policiers (de plus) savent conduire les phares éteints. Kumala quitte la rue principale, arrive sur une place et repère une église. Kumala (dans son pays) travaillait dans une bibliothèque et il a en outre écrit quelques livres. Il sait que les églises donnaient refuge à tous les hommes, quels que soient leurs crimes. La police ne pouvait arrêter personne sur un sol sacré. Tout le monde est invité dans la maison de Dieu.

– Moi aussi j'ai lu quelque chose comme ça.

– Kumala ouvre la porte de l'église et pénètre dans l'obscurité qui sent l'encens et la cire. Peu à peu ses yeux s'accoutument et apparaissent les premières formes. Il n'y a personne sur les bancs. Le père Simeón l'observe depuis l'autel. Il lui dit d'approcher. "Tu fuis la police ?" (Il lui demande.) Kumala répond que oui. "Suis-moi" (dit le curé).

– Il l'emmène où ?

– Ils vont à la sacristie. "Cache-toi là" (il lui dit). Et il ressort. Kumala jette un coup d'œil autour de lui. Les statues, cette iconographie de la soumission et de la souffrance attirent son attention. *Coup sec*. Il entend la porte de l'église s'ouvrir. Le père Simeón parle avec deux hommes (ce doit être les policiers). Les voix se taisent et on entend (maintenant) plusieurs pas qui s'approchent. La porte de la sacristie s'ouvre. Le père Simeón (en regardant Kumala) dit : "Le voilà votre négro." Les policiers le jettent au sol et le menottent. Puis ils le relèvent et le sortent de force de l'église.

– Ils l'arrêtent.

– Oui. Au commissariat on lui demande comment il

s'appelle. Kumala hausse les épaules et fait mine de ne rien comprendre à ce qu'on lui dit. "Tu ne parles pas ma langue ?" Kumala ne répond toujours pas. Le policier se lève de sa chaise et quitte la pièce. Quelques minutes plus tard entrent deux agents encagoulés. "Il paraît que tu ne comprends pas notre langue (dit l'un d'eux). Une chose est sûre : nous crions tous de douleur dans la même langue."

– Et de peur ?

– Aussi. »

Samuel

« Le petit Samuel se lève à quatre heures du matin pour aller au collège. Il doit marcher trois longues heures sous la pluie.

– Il n'a pas peur des mange-ordures ?

– Non. Le petit Samuel a juste peur quand il passe près de la route, car il entend les voix des morts.

– De quels morts ?

– Les fossés des routes de Madrid sont remplis de morts. Il ne faut pas l'oublier. Les camions militaires les ont jetés dans une fosse plus longue que profonde et leur ont ensuite fermé la bouche avec des tonnes de terre. Le petit Samuel (quand il passe près de la route) met son casque et monte le son de la musique. Ainsi, il n'entend pas les cris des morts, mais il ne peut pas s'empêcher de sentir (sous ses pieds) le battement de leurs cœurs.

– Il fait le trajet seul ?

– Oui. Le petit Samuel arrive au collège et monte au premier étage, qui est l'étage masculin. Il ouvre la porte de sa salle de classe et constate qu'il n'y a plus de place pour lui. Soixante-trois garçons sont arrivés avant lui. Il trouve un petit espace sur le rebord d'une fenêtre, qui doit rester fermée pour raisons de sécurité.

– Il ne fait pas trop chaud ?

– Toutes les vitres sont embuées. L'oxygène se raréfie dans la salle de classe. Le petit Samuel commence à se sentir mal.

– Il écoute le professeur ?

– Oui. Le professeur Waldemar Cisneros dit que des millions d'années se sont écoulées et que l'homme ne parvient toujours pas à comprendre les mouvements de la mer. Le vent chaud qui arrive sur la côte de Madrid n'est (tout simplement) pas normal.

– Et son sifflement ?

– Non plus.

– Et les vagues ?

– Les vagues de la mer de Madrid viennent lécher le sable de la plage et les secouristes se rendent compte que leur écume est plus blanche, plus abondante, plus dense que d'ordinaire.

– Et plus odorante ?

– Aussi. Les secouristes des plages de Delicias descendent de leur petite tour de surveillance et s'agenouillent au bord de la mer. Ils touchent l'écume entre leurs doigts. Leurs mains deviennent poisseuses, comme s'ils les avaient plongées dans le miel.

– Elle est sucrée ?

– Non. Le professeur Waldemar Cisneros rappelle à ses élèves que les vagues de la mer ont un pouvoir fécondant. Il fut un temps (ses élèves ne l'ont pas connu) où les femmes qui avaient des difficultés à tomber enceintes avançaient de quelques mètres dans la mer de Madrid et laissaient les vagues se précipiter contre leur ventre.

– Et elles tombaient enceintes ?

– Certaines oui et d'autres non. »

« Les monstres de la ville de Madrid sont nés là où il est impossible de donner la vie. Les monstres de la ville de Madrid ont été éjectés du sphincter de la ville de Madrid elle-même. Les monstres de la ville de Madrid ont le visage blanc et les joues rasées jusqu'à la brûlure, jusqu'à ce que la chair soit à vif. Ils ont proliféré dans tous les quartiers. Les gens les évitent. Ils ont peur.

– Et qu'est-ce qu'on raconte d'autre sur eux ?

– On raconte que les monstres de la ville de Madrid sont nés d'un utérus pourri qui n'aspire plus qu'au bistouri et à la poubelle. On raconte qu'ils sont le fruit de l'accouplement de deux frères. Et que c'est peut-être pour ça qu'ils sont si lascifs et dissimulateurs.

– Comment sont-ils habillés ?

– Les monstres de la ville de Madrid portent la soutane. Les gens ne se demandent pas d'où elles peuvent bien toutes venir. Il est clair que ce sont les filles de la peur et de la vulnérabilité, un mariage fréquent. Les soutanes de la ville de Madrid marchent dans les rues et se gonflent de vent. On dirait qu'elles vont s'envoler, noires et ailées comme les anges de la mort.

– Qu'est-ce qu'elles font là ?

– La ville de Madrid a changé. Les bâtiments vides deviennent des banques qui font de la publicité pour des prêts hypothécaires et des églises qui appellent à la soumission à coups de cloche. Les monstres de la ville de Madrid ont la peau extrêmement pâle et quand ils boivent le vin de la messe on voit une ombre descendre le long de leur gosier en direction du cœur.

– Et ils ont les doigts très longs ?

– Oui. »

« Il vaut mieux que tu rallumes ta lampe torche et que tu continues à lire le livre de Norberto.

– *La Chronique des temps anciens*.

– C'est ça.

– Norberto ne peut pas le dire plus clairement : *La pluie a endormi la population. Le son de la pluie est le murmure profond de l'oubli*. L'habitant de la ville de Madrid (d'ici peu) ne saura pas épeler ne serait-ce que son propre nom. Et la perte de notre identité (ne pas savoir qui nous sommes [combien de fois vais-je devoir le répéter ?] ni qui nous avons été) est la source de toutes les disgrâces.

– Je dois fouiller dans ma mémoire ?

– Oui. Tu as eu peur de rentrer chez toi et tu as couru te cacher dans la cave de la pension de la rue Princesa.

– Combien de temps je suis resté là ?

– Tu me déçois. Tu sais parfaitement que cette question n'est pas celle que tu dois me poser. Ce n'est même pas (en réalité) la question que tu veux me poser.

– Je ne sais pas quelle question tu veux entendre.

– Ne me prends pas pour un imbécile. Ça fait longtemps que tu bavardes avec moi pour arriver (le plus naturellement possible) au point où nous en sommes maintenant. La question que tu dois me poser est la suivante : "Est-ce que quelqu'un m'a aidé à m'enfuir ?" Alors je te réponds que oui et tu me poses la question suivante : "Qui ?" Si bien que je réponds : "Morgana."

– Morgana a disparu.

– Souviens-toi que vous travailliez ensemble, même si (il ne faut pas mentir) vous n'étiez pas que de simples collègues.

– Qu'est-ce qu'on était ?

– Ça, c'est à toi de me le dire. Chaque soir vous sortiez du département de physique biomoléculaire et vous marchiez jusqu'au Jardin botanique, où vous appreniez le nom des plantes.

– Et des arbres.

– Ensuite la nuit tombait et vous remontiez la rue d'Atocha, vous traversiez la Puerta del Sol et vous descendiez par Gran Vía. Là (en hiver), vous achetiez un cornet de châtaignes et vous les mangiez sur le chemin de la pension de la rue Princesa.

– Les châtaignes nous réchauffaient les mains.

– Tu entrais dans la chambre de Morgana et elle te demandait de rester dormir avec elle. Tu lui disais que non (pas cette nuit), tu lui faisais l'amour et tu t'en allais.

– Elle est où, Morgana, maintenant ?

– Tu me poses la question que tu te poses jour après jour, heure après heure, depuis que tu es entré dans cette cave.

– Elle n'est pas revenue.

– Non. Tu penses qu'elle t'a quitté. Tu penses qu'il est logique qu'elle t'ait quitté. Comment n'aurait-elle pas quitté un homme qui ne veut jamais rester dormir avec elle, qui préfère retourner chez lui, s'allonger sur son lit, regarder le plafond et penser à l'ingénierie informatique et à l'anatomie de l'être humain ?

– Ça, c'est pas vrai.

– Si c'est vrai, mais c'est ton droit de te duper comme bon te semble. Tu refermes le livre de Norberto (le robinet qui ouvre la fontaine des souvenirs). Tu éteins ta lampe torche et tu ouvres le couvercle de ton bac de recyclage papier. Tu te lèves et tu passes la tête dehors. Tu te dis à toi-même que tu t'appelles Igi W. Manchester, mais tu n'arrives même pas à prononcer ton nom.

– Pourquoi ?

– Soudain ce nom te semble étranger et inconnu, comme s'il n'avait jamais été le tien, comme si tu avais été rattrapé par ce que tu as toujours fui : la perte d'identité, la source de toutes les disgrâces.

– J'ai perdu.

– Oui. »

Waldermar Cisneros

« Alors ça arrive. Tu entends ça ? C'est le chant des sirènes. L'une d'elles te dédie son chant. Jamais tu n'as entendu une voix aussi douce. Elle te dit que son corps est beau et tu la crois. "Je meurs d'envie de te prendre dans mes bras" (elle te dit). Ce n'est pas un chant érotique. C'est un chant qui t'apaise, comme s'il était chanté par le bruissement de la mer.

– Comment s'appelle ma sirène ?

– Tu as désormais un endroit où aller. Le plan de la ville de Madrid est très clair dans ta tête. À ta gauche se trouvent les décombres de l'ancien musée du Prado. À ta gauche (également) se situe le parc dans lequel marchent les chômeurs, l'ancien Jardin botanique, où tu apprenais, aux côtés de Morgana, le nom des arbres.

– Et des plantes.

– La Banque agraire, ancien ministère de l'Agriculture, illumine la place d'Atocha avec le néon vert des publicités pour ses prêts hypothécaires, où l'on voit des femmes à moitié nues jouer avec un ballon de plage. Elles ne sont pas plus belles que ma sirène (tu te dis). Tu traverses la rue et tu entres dans la gare.

– Elle est toujours en fonctionnement ?

– Non. La gare d'Atocha est occupée par les mange-ordures. Sur le sol interminable des salles d'attente s'étend une mer de cartons, sous lesquels dorment ceux qui ont été expulsés de chez eux, toujours plus nombreux. Tu avances entre eux. Des centaines d'yeux t'observent. Mais personne ne te dit rien. Ils s'aperçoivent que tu entends le chant des sirènes et que tu te diriges vers les falaises.

– Pour sauter ?

– Oui. Tu sors par la porte de derrière et tu te retrouves face à la mer de Madrid. La sirène chante si fort que tu n'entends même pas le grondement des vagues. Tu avances de quelques mètres et tu t'arrêtes au bord de l'abîme. Tu regardes en bas. La mer se brise contre les rochers et saute très haut, comme si elle voulait toucher les étoiles, qu'on ne voit pas.

– Il pleut toujours ?

– La sirène a raison. Un matin tu as décidé de quitter la cave d'une pension de la rue Princesa et depuis (elle te demande) qu'est-ce que tu as fait ? Juste courir et te cacher. Rien de plus. L'échec est le bout du chemin. Saute à l'eau et rejoins ta sirène (tous les hommes, en réalité, ont une sirène qui les attend). Pourquoi tu ne le fais pas ? Qu'est-ce qui t'en empêche ?

– J'ai vu quelque chose. »

« Le professeur Waldemar Cisneros dit à ses élèves que (parfois) la brume s'épaissit au-dessus de la mer de Madrid et (alors) les marins commencent à entendre le chant des sirènes. Ils courent s'enfermer dans leur cabine, où ils se bouchent les oreilles avec du coton, ou bien se font attacher à un mât, comme le grand Ulysse. Le professeur Waldemar Cisneros baisse la voix et dit à ses élèves que (une fois) il y a eu un marin qui n'a voulu ni se cacher ni se faire attacher. Il est resté sur le pont et il a ouvert grand les yeux dans la brume.

– Comment il s'appelait ?

– Peu importe.

– Le professeur Waldermar Cisneros dit à ses élèves que d'abord leurs chants ont retenti et qu'ensuite les sirènes sont apparues. Elles étaient nues jusqu'à la taille et peignaient leurs longs cheveux devant un miroir. Il a cru qu'il pouvait résister à leur chant enjôleur, mais il s'est trompé. Il a sauté à l'eau et nagé jusqu'à la sirène dont la voix lui rappelait des souvenirs de son enfance et de sa mère. Il s'est hissé sur une petite île et il a vu la sirène baisser sa peau marine telle une femme retirant sa jupe. Ils ont fait l'amour dans la brume. Ensuite, le marin est devenu aveugle.

– Pourquoi ?

– Il a flotté à la dérive sur les grandes vagues de la mer de Madrid jusqu'à ce qu'il soit sauvé par un autre bateau de pêche. Le marin s'est aperçu qu'il ne recouvrait la vue que lorsqu'il parlait de son expérience avec la sirène.

– Et quand il arrêtait de parler de la sirène ?

– Il redevenait aveugle. La cloche sonne. Le petit Samuel

veut sortir en courant dans le couloir pour respirer un peu d'air, mais il ne peut pas : trois garçons l'attrapent par le cou et le jettent par terre. Se battre contre eux n'aurait pas de sens. Ils ont six ans de plus que lui.

– Et ils sont dans la même classe ?

– Oui. Ils ne lui font pas trop mal. Ils lui donnent juste quelques coups de pied, comme ils ont vu faire les anti-émeutes. Après ils vont en récréation. Le petit Samuel est (finalement) le dernier à sortir de classe. Il veut aller voir le psychologue scolaire et lui dire que trois grands l'ont battu, mais la porte est fermée. Plus personne ne travaille ici.

– Il descend dans la cour ?

– Oui. Les garçons vont en récréation en premier. Ensuite ce sera le tour des filles. Le petit Samuel s'assoit par terre, à côté d'un pilier, et regarde les autres enfants. La faim lui fait mal à l'estomac. Il réfléchit un instant. Il a entendu dire que dans les bacs à ordures, parfois, il y a des restes de repas.

– À quoi ils jouent ?

– Les enfants ne jouent plus. Les enfants se divisent entre ceux qui ont un sandwich et ceux qui n'ont pas de sandwich. Les deux groupes se haïssent à mort. Ils ont pour habitude de se battre jusqu'à ce qu'ils soient à bout de forces. Ensuite ils se sentent plus détendus.

– Le professeur de garde ne fait rien ?

– Il n'y a pas de professeur de garde. Aujourd'hui ce devrait être la professeur de langue, mais elle a dû être renvoyée, car sa matière n'existe plus.

– Et les filles, quand est-ce qu'elles vont en récréation ?

– Les filles vont en récréation dans dix minutes. Elles sont déjà à la balustrade du second étage. Les garçons lèvent la tête pour les regarder. C'est le seul moment où ils arrêtent de se battre. Elles leur font signe de la main. Les garçons ont (alors) l'impression que les ailes d'un ange frôlent leur cou. Le problème, c'est que les élèves de sexes opposés ne sont pas autorisés à se dire bonjour. La fille qui a fait signe de la main va être enfermée dans la chambre noire. La cloche sonne de nouveau. Le petit Samuel retourne en classe. Les chaises sont pour les grands. Il doit se contenter du rebord de fenêtre. Il pose la tête contre la vitre. Il n'a plus peur d'avoir la tête qui tourne. Si je m'évanouis (il se dit) je ne sentirai plus la faim.

– Ni la tristesse ?

– Non. Il est trop jeune pour ça. Le professeur Waldemar Cisneros dit à ses élèves qu'une sirène qui tombe amoureuse d'un homme perd sa voix pour toujours. Il semblerait (il dit) qu'il n'existe qu'une tombe de sirène, mais personne ne sait où elle est. Un garçon lève la main. Il dit : "Monsieur, vous pourriez nous emmener voir les sirènes un jour ?"

– Qu'est-ce qu'il répond ?

– Oui. Waldemar Cisneros dit à ses élèves que les sirènes, quand elles meurent, se transforment en sable de plage. Les garçons ferment les paupières pour s'imaginer ça. Waldemar Cisneros dit à ses élèves qu'il existe encore beaucoup de mystères non élucidés à propos des sirènes. Par exemple : ont-elles un nombril ou pas ? Sont-elles comestibles ? Combien d'années vivent-elles ? Peuvent-elles enfanter ? Les garçons réfléchissent à toutes ces énigmes. Certains imaginent les filles de l'étage supérieur avec une queue de poisson et les seins à l'air. "La mer est la patrie naturelle de l'homme libre (dit Waldemar Cisneros) et vous avez tous l'obligation de chercher votre voie parmi les vagues, de trouver vos trésors enfouis et de plaire à vos sirènes." Le cœur des élèves s'est (soudain) gonflé dans leur poitrine. La porte de la salle s'ouvre. Un prêtre (un des monstres de la ville de Madrid) entre et dit au professeur Waldemar Cisneros de quitter immédiatement le collège. "Vous devriez avoir honte d'enseigner toute cette pornographie" (il lui dit).

– Et il s'en va ?

– Oui. Le prêtre se plante devant les élèves. Il leur dit qu'ils doivent l'appeler père Simeón et que (à partir de maintenant) il sera leur professeur. Il ne donnera pas de cours de littérature, car cette matière a cessé d'exister. Le cours dispensé (à la place) sera *Introduction à la pensée d'entreprise*. "Écrivez" (il dit).

– Il dicte ?

– Oui. »

Le père Sebastián

« Cette année, le petit Samuel n'a pas de cahier et prend ses notes sur le rebord de la fenêtre. Le père Simeón cesse de dicter, s'approche du garçon et lui donne une gifle. "Tu trouves ça bien de salir le mobilier scolaire ?" Il le met face au mur. Puis il a une meilleure idée et lui dit de descendre à la direction aider le père Sebastián.

– L'aider à quoi faire ?

– Le petit Samuel quitte la salle et avance jusqu'au bout du couloir. Il descend l'escalier et frappe à la porte du bureau du directeur. Une secrétaire lui ouvre. Il dit : "Le père Simeón m'envoie aider le père Sebastián." La secrétaire le fait passer par une porte par laquelle il n'était jamais entré. Elle ouvre sur un entrepôt. Il y a des centaines de crucifix sous plastique. "Retire le plastique et emporte-les dans les salles" (dit la secrétaire).

– Ils sont grands ?

– Les crucifix mesurent un mètre et demi et ne pèsent pas moins de vingt kilos. Le petit Samuel s'en met un sur le dos et marche péniblement le long des couloirs du collège. Il doit mettre un crucifix dans chaque salle.

– Il y a combien de salles dans le collège ?

– Je ne sais pas. Beaucoup. À l'heure suivante les cours sont interrompus. Les prêtres emmènent les garçons au gymnase, où ils leur distribuent leurs uniformes. Ils leur donnent deux minutes pour se changer. Puis ils les divisent en élèves à haut rendement et élèves à faible rendement.

– Quel type d'élève est Samuel ?

– Ils n'ont pas encore dit au petit Samuel s'il fait partie des intelligents ou des idiots. Le petit Samuel parcourt toujours les couloirs, le dos courbé sous le poids des crucifix.

– Un par salle.

– Exact. La cloche sonne. Le petit Samuel fait la queue devant la porte de la cantine. Un prêtre lui demande son nom et son prénom, le cherche sur une liste et lui dit qu'il ne peut pas manger, qu'il n'a pas de bourse. Le petit Samuel dit : "L'an dernier j'en avais une." Le prêtre hausse les épaules. "Pousse-toi, laisse passer tes camarades."

– Et qu'est-ce qu'il mange ?

– Rien. Le petit Samuel dépose le dernier crucifix. Il n'y a plus personne dans le collège. Le gardien lui ouvre la porte de derrière. Il doit marcher au milieu de la route, car les trottoirs sont couverts de mange-ordures. La ville de

Madrid (se dit le petit Samuel) dort sous les cartons. Arrive un moment où il ne peut plus avancer, alors il tourne et se met à marcher sur le bas-côté gauche de la M-30.

– Il y a beaucoup de voitures qui passent ?

– Non. Le petit Samuel entend les voix des morts. Le petit Samuel avait oublié que les bas-côtés et les fossés de la ville de Madrid étaient remplis de cadavres. Il presse le pas et essaie de penser à autre chose. Il parle tout haut. Mais on sait bien que tout effort est vain. Rien ne peut faire taire le murmure angoissé des bouches ensablées.

– Il met longtemps à arriver chez lui ?

– Le petit Samuel quitte la M-30, traverse un parc plein de chômeurs et entre dans sa rue. Devant la porte du bas, assis sur un tas de valises, se trouvent ses parents et sa sœur. "Qu'est-ce que vous faites là ?" (Il demande.) Le père dit : "Allez ! fiston, fais un tour dans le quartier pour voir si tu trouves deux ou trois cartons." Il n'y en a presque plus. »

Naguim

« Naguim sait parler plus de quinze langues africaines. Il entre dans la salle d'interrogatoire et on lui présente Kumala. "Il est tombé dans l'escalier" (on lui dit). "Peut-on apporter un verre d'eau au détenu ?" La police répond que non. "Peut-on nous laisser seuls ?" Non plus. Naguim commence à parler. Il passe d'une langue à une autre devant le regard impassible de Kumala. Puis il étale sur la table plusieurs textes et une carte d'Afrique. Kumala regarde tout cela en silence. Il fait comme si rien n'attirait son attention. Naguim se retourne vers les policiers. Il se lève et dit : "Je ne sais pas d'où il est." Et il s'en va.

– Qu'est-ce qu'ils font du détenu ?

– Les deux policiers encagoulés disent à Kumala que c'est un sale nègre et que sa place est dans son pays ou dans un cercueil. Ils lui disent que (si ça ne tenait qu'à eux) ils feraient avec lui ce qu'on fait avec les chiens dont personne ne veut : ils le mettraient dans un tonneau plein de flotte et ils fermeraient le couvercle avec des clous. Kumala prend sur lui pour ne pas sourire. Un de ses neveux s'est fait couper les mains à coups de machette, avant d'être jeté dans la forêt.

– Et il est mort ?

– Oui. Il a été mangé par les fourmis. Ils sortent Kumala du commissariat et le mettent dans un fourgon. Ils lui disent que c'est sa dernière chance de dire de quel pays il vient. Kumala ne dit rien. Le fourgon démarre et roule dans les nappes d'eau formées par la pluie. Ils ont mis la sirène.

– Pour quoi faire ?

– Les chauffeurs de la police mettent la sirène quand ils circulent sur la M-30. Personne n'oublie que sous les bas-côtés il y a les morts.

– Et dans les fossés ?

– Aussi. Les chauffeurs ont la chair de poule quand le véhicule se met à vibrer et qu'on entend des paroles incompréhensibles, des paroles provenant de gens qui parlent la bouche pleine de sable.

– Madrid est une ville de gens sous terre ?

– Oui.

– Et de gens sous des cartons ?

– Aussi. Le fourgon de la police s'arrête devant la station de métro Banco de España. Ils ouvrent les portes arrière et poussent Kumala dehors. Ils l'obligent à descendre l'escalier du métro. Ils traversent le hall. Les néons scintillent. Au loin (en provenance des quais) on entend des voix.

– Le métro fonctionne ?

– Non. Il n'y a plus de tourniquets. Une grille en fer bloque le passage. Un policier sort une clé et ouvre un portillon. Kumala sait ce qui l'attend. Il en avait entendu parler, mais il n'y croyait pas. Ils lui retirent les menottes et le poussent de l'autre côté de la grille. Ils referment le portillon. Et ils s'en vont.

– Ils le laissent là ?

– Kumala (tous les migrants le font) s'agrippe aux barreaux et tente de les forcer. C'est inutile. Ils sont en fer et bien fixés dans le sol et le plafond. Les sanglots lui montent à la gorge.

– Il pleure ?

– Non. *Je n'ai pas survécu à la mer de Madrid pour me mettre à pleurer derrière une grille*. Il fait demi-tour. Cinquante marches le conduisent au quai.

– Qu'est-ce qu'il y a sur les quais ?

– Les migrants sont couchés par terre. Il ne peut pas passer entre eux sans porter un mouchoir à sa bouche. Après on s'habitue à l'odeur.

– Qu'est-ce que ça sent ?

– Les migrants sont malades. Les migrants (piégés pour toujours dans la station Banco de España) ont le mal de la pierre froide. Ils se tiennent le ventre et ont une expression de douleur.

– Ils ont de quoi manger ?

– Les migrants ouvrent grand les yeux et regardent autour d'eux. Ils ont parfois l'air d'enfants qui ne savent pas ce qui leur arrive. Par moments ils croient (ils espèrent) que tout cela n'est qu'un rêve. Un jour ils se réveilleront et le cauchemar aura disparu.

– Il y a des gens dans les tunnels ?

– Il y a cinquante mètres de tunnels. Après il y a un mur en béton qui barre la route. Dans les tunnels l'odeur est plus forte que sur les quais. Ça sent si mauvais que parfois on ne peut pas continuer à marcher.

– Il y a de la lumière ?

– Kumala se rend compte que ce sont les plus malades qui sont dans les tunnels. On ne peut plus rien pour eux. On les isole là et on attend qu'ils arrêtent de geindre.

– Et après ?

– Il faut s'assurer qu'ils sont bien morts et après on les sort du tunnel et on les dépose au pied de la grille. Les agents du Cube les récupèrent le lendemain matin.

– Et qu'est-ce qu'ils en font ?

– Ils les emmènent à la faculté de médecine. Morts, ils sont plus utiles que vivants. »

Morgana

« Non. Tu n'as pas vu quelque chose. Tu as vu quelqu'un. Au début tu n'en crois pas tes yeux. Ce n'est pas possible que quelqu'un arrive en nageant de la haute mer (tu te dis). Mais regarde bien et rends-toi à l'évidence. Il s'est mis debout et marche vers le rivage. Il arrive sur le sable de la plage et tombe à plat ventre, épuisé.

– C'est un miracle.

– Tu n'es pas un mange-ordures. Tu ne sais pas descendre le long des falaises. Tu dois courir jusqu'au front de mer et tu as peur d'arriver trop tard.

– Comment ça, trop tard ?

– Le temps que tu descendes à la plage ils auront peut-être déjà emmené le naufragé. Mais non. Tu cours sur le sable et tu t'agenouilles à côté du corps. Tu écartes les cheveux de son visage. C'est une femme.

– Elle est morte ?

– Pas encore. Tu essaies de la ranimer. Tu arrives à lui faire ouvrir les yeux et vomir toute l'eau qu'elle a prise à la mer. Elle a peur. Elle te dit de la sortir de là. Elle te crie de l'emmener très loin de la mer.

– Elle peut marcher ?

– Elle tient à peine debout. Tu lui passes un bras autour de la taille et tu l'entraînes hors de la plage. Tu regardes un instant derrière toi. La mer s'est immiscée dans le sable. La mer tend les bras et tente de la toucher une dernière fois, de lui faire ses adieux.

– Je l'emmène où ?

– Il n'y a qu'un endroit. Vous marchez pendant des heures. La pluie a inondé les rues. Vous avez de l'eau jusqu'aux chevilles. Tu es devant la porte du numéro 53.

– De quelle rue ?

– Peu importe. Tu frappes deux coups à la porte. Personne n'ouvre. Tu regardes en haut (vers les fenêtres fermées) et tu cries ton nom. Tu cries que tu es avec quelqu'un et que tu as besoin d'aide.

– La porte s'ouvre ?

– Oui. Tu entres vite. Vous montez au premier étage. Dans le couloir le docteur Argüelles vous attend. "Qu'est-ce qui lui est arrivé ?" (Il demande.) Tu lui réponds que c'est une naufragée. Le docteur Argüelles l'emmène dans une chambre. Elle est consciente. Il lui demande comment elle s'appelle. Elle dit qu'elle s'appelle Olvido.

– Elle nous raconte son histoire ?

– Tu t'aperçois que tu n'entends plus le chant des sirènes. Tu te dis que, si les sirènes t'ont appelé pour que tu marches jusqu'au bord des falaises, ce n'est peut-être pas pour que tu sautes mais pour que tu voies (flottant sur les vagues) le corps d'Olvido. Le docteur Argüelles n'a pas besoin de toi dans son hôpital. Il te dit de rentrer chez toi.

– Je n'ai pas de chez-moi.

– Ce n'est pas tout à fait vrai que tu n'as pas de chez-toi. Demande-toi où tu vivais avant. Je veux dire avant que tu doives te cacher dans la cave de la pension de la rue Princesa. Tu sors dans la rue.

– Quand est-ce qu'il va arrêter de pleuvoir ?

– Sans doute jamais. Tu descends jusqu'au Manzanares et tu marches le long du front de mer. Tu as le souvenir de gens qui courent, de couples qui s'embrassent sur les bancs et de petits vieux qui jouent à la pétanque. Il ne reste rien de tout cela. Tout est couvert de cartons et de gens qui dorment dessous. Tu arrives aux anciens terrains de foot, où les mange-ordures ont aussi installé un campement. Tu cherches ta rue (ou ton ancienne rue) et tu t'arrêtes devant ta porte (ou ton ancienne porte). Tu mets la clé dans la serrure et tu pousses la porte. Tu ne crois pas qu'il reste quelqu'un dans l'immeuble. Tous les habitants ont dû être délogés. Tu montes l'escalier et presque à chaque marche te reviennent (sous forme d'images, de sons, d'odeurs) des souvenirs de ton enfance. Ta porte est la seule qui ne soit pas sous scellés.

– J'entre ?

– C'est chez toi. La seule différence, c'est qu'il n'y a plus rien de ce qu'il y avait avant. Tous les meubles ont disparu. Tu as la sensation que (soudain) tu vas surgir (enfant) et te demander qui tu es.

– Ils ont emporté tous mes livres.

– Tu ne sais pas très bien ce que tu fais ici. Mais il était inévitable que tu viennes. Tu ouvres la porte de ta chambre. Tu entres. Elle n'est pas vide. Il y a un homme assis sur une chaise. "Je savais que tu reviendrais (il dit). Vous revenez toujours."

– C'est qui ?

– Il se lève (il fait plus de deux mètres) et referme la porte de la chambre. Il ne veut pas te laisser la moindre chance de t'enfuir.

– Il me regarde fixement.

– Ses yeux n'ont pas changé. Il a la peau totalement brûlée, mais dans ce regard continue de briller la même obsession, peut-être (désormais) avec un peu de tristesse. Tu demandes : "Tu m'as attendu pendant toutes ces années ?" Nicanor Julepe te dit que le feu a failli le tuer. "J'ai passé cinq mois à l'hôpital. J'ai eu la vie sauve, mais j'ai perdu l'odorat. Jamais je ne t'aurais trouvé dans la ville de Madrid. J'ai préféré t'attendre chez toi, où vous finissez toujours par revenir."

– Il va me tuer ?

– Oui. Tu demandes : "Est-ce que je suis le dernier des non-gouvernables ?" Nicanor Julepe sort un couteau. Il te dit qu'avant l'incendie du navire il t'aurait tué d'une seule main, mais que désormais il doute (parfois) de ses forces. Il t'explique qu'il va te le planter dans le cœur et que tu vas t'évanouir. "Tu mourras sans souffrir" (il te dit). Tu lui laisses voir que tu n'as aucun moyen de t'enfuir (tu ne lui dis pas qu'avant de mourir de sa main tu sauterais par la fenêtre et tu te fracasserais au sol), si bien qu'il n'a aucune raison de ne pas répondre à cette question : "Est-ce que je suis le dernier des non-gouvernables ? Est-ce qu'il reste certains de mes anciens collègues du département ?" Il te dit que oui. Il en reste encore quelques-uns, mais de moins en moins. Ils tombent peu à peu. Tu lui demandes s'il sait ce qu'est devenu le docteur Andrés Mateo Cabanillas. Pas de réponse. Nicanor Julepe se lève de la chaise (sa tête arrive au plafond). Il serre fermement le couteau. Ton temps, Igi W. Manchester (ou quel que soit ton nom), est terminé.

– Ce n'est pas la peine que je me batte avec lui, si ?

– Non. Nicanor Julepe te regarde de ses yeux de glace et tu t'aperçois qu'il y a en eux quelque chose qu'il n'y avait pas avant : du respect. Tu es peut-être le seul homme qui l'ait vaincu. T'éliminer lui fait peut-être (même) un peu de peine.

– Mais il doit le faire.

– Oui. La porte s'ouvre. Morgana est petite et a la voix très rauque. C'est une femme qui agit rapidement et sans hésiter. Nicanor Julepe ne l'a même pas vue. Il a une balle dans le cerveau et le sang déborde par ses yeux. Il s'effondre. L'immeuble entier (l'espace d'un instant) tremble.

– Je regarde Morgana.

– Ça, c'est à moi de le dire. Tu regardes Morgana. Elle (cependant) te regarde à peine. "Allons-nous-en" (elle te dit). Et elle sort par la porte de ta chambre. Elle descend rapidement l'escalier de l'immeuble. Tu la suis. Vous entrez dans une voiture. Morgana conduit lentement. Vous tournez à droite et vous vous mettez derrière un fourgon de police.

– Il y a qui dans ce fourgon ?

– Des détenus. Morgana conduit en silence. Elle roule doucement et respecte la signalisation.

– Les feux aussi ?

– Oui. Elle te dit que vous ne devez rien faire qui attire trop l'attention. Puis elle ne t'adresse plus la parole.

– Et moi, je dis quelque chose ?

– Non. Morgana roule jusqu'au front de mer et cherche un endroit où laisser la voiture. Les plages de Delicias sont désertes. Les secouristes dorment d'ennui dans leurs tours de surveillance. Vous marchez jusqu'aux rochers. Il y a une barque sur le rivage.

– On la prend ?

– Vous la poussez dans l'eau et vous sautez dedans. Morgana te dit de ramer vigoureusement mais de garder des forces au cas où un problème surgirait. Les vagues vous soulèvent et vous éclaboussent le visage. Tu demandes à Morgana dans quelle direction tu dois ramer. Elle montre du doigt un point indistinct de l'obscurité. "Vers les plates-formes pétrolières" (elle dit).

– Pourquoi ?

– Tais-toi et rame. La brume est descendue. Tu ne vois presque rien à deux mètres. Alors tu entends la voix d'une sirène. Elle te dit qu'elle n'a connu aucun homme comme toi. Elle te dit de sauter à l'eau et de nager jusqu'à elle. "D'abord je te donnerai du plaisir et ensuite je chanterai pour que tu t'endormes" (elle te dit). Morgana s'en rend compte. Elle te dit que tu devrais t'attacher à la barque pour ne pas finir par faire une bêtise. Maintenant c'est toi qui ne réponds pas. Tu as la sirène à vingt mètres de toi qui flotte comme par magie à la surface de la mer. Elle te regarde avec tendresse et (en même temps) brosse sa longue chevelure, avec laquelle elle couvre ses seins. Tu arrêtes de ramer et tu te lèves. Tu dis à Morgana de t'attendre ici, que tu reviens tout de suite.

– Je saute à l'eau ?

– Morgana t'attrape par la main et te demande de te rasseoir. Elle te dit de la regarder et de te souvenir. Il fut un temps où vous vous promeniez dans le Jardin botanique et où vous appreniez par cœur les noms des arbres et des plantes. Elle t'embrasse sur la joue. "Maintenant il est temps de se battre (elle te dit) et ensuite tout redeviendra (peut-être) comme avant."

– Je saute à l'eau ?

– La sirène disparaît dans la brume et la brume se dissipe. Tout près de vous se dresse une plate-forme pétrolière. Jamais tu ne t'étais imaginé que (de près) elles puissent être si grandes. Morgana te dit d'approcher la barque d'un des piliers d'acier qui s'enfoncent dans l'eau. Là, il y a un escalier. Vous montez.

– Quelqu'un nous attend ? »

Olvido

« Le docteur Argüelles dit à Olvido que maintenant elle doit se reposer et oublier tout ce qui s'est passé.

– Est-ce que c'est possible ?

– Non. Olvido tremble de peur. Elle entend le bruit de l'eau et se recroqueville comme un papier brûlé. Elle demande si c'est le bruit de la mer. "Non (répond le docteur), c'est la pluie."

– Il lui donne un tranquillisant ?

– Il lui en a déjà donné un. Olvido s'endort peu à peu. Olvido (tandis qu'elle s'endort peu à peu) dit qu'il n'y avait pas de tempête et que (pourtant) une vague énorme s'est élevée et a renversé le bateau. Elle est la seule à avoir survécu. "La mer me cherchait" (elle dit). "Dans quel but ?" (Demande le docteur Argüelles.) "Pour me féconder" (répond Olvido). Et elle s'endort.

– Ou perd conscience.

– Le docteur Argüelles examine Olvido et constate qu'elle est bien enceinte. Quelques heures plus tard commencent les cris.

– Quels cris ?

– Olvido se recroqueville dans le lit, se tient le ventre des deux mains.

– Et elle crie ?

– Oui.

– Très fort ?

– Oui. Le docteur Argüelles lui demande ce qui se passe. Olvido le regarde avec des yeux exorbités. "Quelque chose me dévore de l'intérieur" (elle dit).

– De quoi elle parle ?

– Le docteur Argüelles la couche sur le dos, ouvre son pyjama et pose la main sur son ventre. Il la retire aussitôt.

– Pourquoi ?

– Quelque chose a frappé la paume de sa main.

– Quelque chose ?

– Une petite créature (de la taille d'une souris) qui se déplaçait d'un côté à l'autre du ventre d'Olvido.

– Elle continue à crier ?

– Oui. Le docteur Argüelles lui donne un calmant, mais Olvido ne s'endort pas : la douleur est trop intense. Il doit l'attacher au lit pour qu'elle cesse d'agiter les jambes et de se donner des coups de poing dans le ventre. Il lui fait une échographie. Une image apparaît à l'écran. Il n'a jamais rien vu de tel.

– Qu'est-ce qu'il a vu ?

– Ce n'est pas un fœtus d'enfant, mais (alors) qu'est-ce que ça peut être d'autre ? Il approche les yeux de l'image affichée à l'écran et découvre une queue de scorpion (ou quelque chose comme ça) et dix doigts pointus (comme des épingles) griffant l'utérus de la mère.

– Qui crie.

– Horriblement. Le docteur Argüelles augmente dangereusement la sédation. Olvido (au moins) s'endort. Il regarde de nouveau l'écran. La créature semble le regarder (à son tour). Elle ressemble beaucoup aux créatures de la mer. Elle ne supporte pas d'être là-dedans (enfermée) et mord la chair qui l'entoure. Olvido doit rester endormie. La douleur pourrait arrêter le cœur.

– Qu'est-ce qu'il va faire ?

– Le docteur Argüelles sort le lit et le pousse le long du couloir. À droite se trouve le bloc opératoire. Il n'a pas d'autre choix que de pratiquer un avortement.

– Il va la sauver ?

– Non. »

Ellyn

« C'est la journée portes ouvertes dans les lycées de la ville de Madrid. On ouvre (concrètement) les portes de derrière, par où les professeurs sortent les uns après les autres.

– Pour aller où ?

– Les professeurs sortent des lycées pour ne jamais y revenir. On ne les laisse même pas prendre leurs affaires. Ils reviennent de cours et découvrent que la salle des professeurs n'existe plus. Leurs noms ont disparu des portes et des emplois du temps. Il ne reste pas une trace des matières qu'ils enseignaient.

– Quelles matières ?

– Les cours de philosophie, littérature, latin, musique et histoire de l'art n'existent plus. Il n'est pas certain que l'on puisse faire de l'argent avec de telles connaissances. Les matières de remplacement n'ont pas encore été déterminées. En revanche, on sait qui va les enseigner.

– Les monstres ?

– Oui. La paroisse du Très-Saint-Pasteur aide les migrants. Les bénévoles de la paroisse du Très-Saint-Pasteur descendent tous les jours au métro Banco de España et s'arrêtent devant la grille en fer. Ils sont chargés d'énormes sacs de sport.

– Qu'est-ce qu'il y a dans ces sacs ?

– Un des bénévoles sort une cloche et la fait tinter, allègrement. Les migrants se lèvent (alors) du quai et marchent jusqu'à la grille. Les bénévoles de la paroisse du Très-Saint-Pasteur ouvrent leurs grands sacs de sport et sortent les *bollicaos*. Ils doivent faire très attention parce qu'il y a juste le compte : une petite brioche fourrée par migrant. Personne ne peut en avoir deux. Il ne faut pas oublier que le christianisme, c'est l'égalité.

– C'est tout ce qu'ils ont à manger ?

– Il y a des migrants qui mangent leur *bollicao* en deux bouchées et il y en a d'autres qui emportent leur *bollicao* dans un coin et le mangent lentement, en le rongeant comme une souris, sans laisser tomber une seule miette.

– Et Kumala ?

– Kumala reçoit son premier *bollicao* en tant que migrant et retourne sur le quai. Il engage la conversation avec Ellyn.

– C'est qui, ça ?

– Ellyn a été sortie de sous un carton et emmenée au poste. Les policiers (individus intrépides qui se morfondent dans le désœuvrement de la bureaucratie) ont décidé de la mettre dans la salle d'interrogatoire et de s'amuser un peu avec elle.

– Ils l'ont frappée ?

– Aussi. Soixante-douze heures plus tard Naguim est arrivé et (comme à l'ordinaire) il s'est retrouvé face à la détenue et à deux agents encagoulés. Il a demandé si on pouvait apporter un verre d'eau à cette femme et si on pouvait les laisser seuls un instant. On lui a répondu que non.

– Aux deux questions ?

– Oui. Naguim a parlé à Ellyn dans quinze dialectes africains. Ellyn l'a regardé dans les yeux et lui a dit : "Ils m'ont violée." Naguim a gardé le silence (et retenu ses larmes) pendant quelques secondes. Puis il a dit : "Elle s'exprime dans un dialecte que je ne connais pas. Il est impossible de savoir de quel pays elle vient." Il a pris ses affaires et il est parti. Il a mis plusieurs mois à trouver un des vôtres. Il a fini par tomber sur Ricardo Estrella.

– Et qu'est-ce qu'il lui a proposé ?

– La justice.

– Et la vengeance ?

– Aussi. Ricardo Estrella attend (sous la pluie) près d'un téléphone public de l'ancienne place de Cybèle. Il décroche le combiné et répond : "Allô." Le Noir Naguim lui dit que le fourgon vient de partir. Il sera au métro Banco de España dans quinze minutes.

– Il est tout près.

– Oui. Ricardo Estrella a son pistolet dans sa ceinture et il lui rentre un peu dans le ventre. Il se poste à un angle et attend. Le fourgon s'arrête devant la bouche de métro. Trois policiers ouvrent la porte arrière et font sortir un Noir.

– Menotté ?

– Oui. Ils le poussent en bas de la station Banco de España. Ricardo Estrella compte jusqu'à dix avant de les suivre.

– Il entre dans le métro ?

– Oui. Il les attaque de dos. Il appuie sur la détente deux fois et deux policiers s'effondrent. Le troisième le regarde avec des yeux terrifiés. Ricardo Estrella lui dit d'ouvrir le portillon de la grille et d'avaler la clé. Le policier ouvre le portillon de la grille et avale la clé. Ricardo Estrella lui fait sauter la cervelle.

– Les migrants sortent ?

– Oui.

– Tous ?

– Sauf les morts. »

« La porte d'une église (peu importe laquelle) s'ouvre. Les monstres de la ville de Madrid sont vêtus de noir. Les monstres de la ville de Madrid ont le visage très pâle et leurs têtes semblent flotter dans l'obscurité.

– Ils sont combien ?

– Des milliers.

– Je parle de ceux qui sortent de l'église.

– Deux. Dans la rue des policiers les attendent. Ils leur disent : "Allons-y. Il faut qu'on arrive avant qu'il ne soit trop tard."

– Où ça ?

– Les monstres de la ville de Madrid retroussent les manches de leur soutane et marchent entre les flaques. Les monstres de la ville de Madrid pourraient renifler le sol pour suivre à la trace la peur et la vulnérabilité, mais c'est inutile, ils peuvent les sentir dans l'air. Les policiers leur demandent la même chose que toi : "Où est-ce qu'on va ?" Les monstres de la ville de Madrid les conduisent au numéro 53 de cette rue quelconque.

– À l'hôpital clandestin ?

– Oui. Ils défoncent la porte et montent l'escalier. Ils crient le nom du docteur Argüelles. Ils le trouvent dans le bloc opératoire, sur le point de commencer l'intervention. Les monstres de la ville de Madrid lui disent de s'éloigner de la patiente. Ils disent : "Dans la ville de Madrid on ne pratique pas d'avortements." Et ils ajoutent : "C'est Dieu qui donne et reprend la vie. Pour qui vous prenez-vous, maudit assassin ?"

– Je suppose qu'ils l'arrêtent.

– La police n'arrête pas le docteur Argüelles. Pour quoi faire ? Ce n'est qu'un pauvre diable qui s'emploie à recoudre les blessures répugnantes des Noirs et des Arabes. Ce qui plaît vraiment à la police (les mois d'entraînement [soudain] prennent tout leur sens), c'est détruire l'hôpital et y mettre le feu. Le docteur Argüelles prend son manteau et descend dans la rue. Il entend (dans son dos) les cris d'Olvido, qui sort de l'anesthésie. À côté du lit se trouve un des monstres de la ville de Madrid. Il lui dit : "Ne t'inquiète pas. Nous te ferons comprendre que tu étais sur le point de commettre une erreur." Olvido se tortille et crie. Son ventre a grandi de plus de cinq centimètres. Ce qui est à l'intérieur (quoi que ce soit) se nourrit de la chair de sa propre mère. Dans la ville de Madrid on n'entend rien d'autre que les cris d'Olvido. Les mange-ordures (sous leurs cartons) se bouchent les oreilles et ferment les yeux. Ils espèrent que, quand ils les rouvriront, le cauchemar sera terminé.

– Ils l'emmènent à un hôpital ?

– Oui. Olvido est admise à l'étage de la maternité et là, elle arrête de crier. Elle a eu une hémorragie et n'a pas cessé de saigner jusqu'à ce qu'elle s'assèche. Cela arrive parfois. Les voies du Seigneur sont impénétrables. Les médecins de l'hôpital de l'Enfant-Jésus-nouveau-né prennent le bistouri et l'ouvrent de haut en bas. Puis ils font un pas en arrière. Jamais ils n'ont vu une telle créature. Au début elle bouge lentement, avec précaution. Puis elle saute par terre et passe en courant à côté de leurs pieds. Elle sort dans le couloir de l'hôpital. Elle laisse derrière elle une trace de sang, de placenta et de bave.

– Elle va où ?

– Au lac. »

Librado Cornellá

« Le collège a changé de nom. Désormais c'est le collège Bienheureuse-Vierge-Marie-de-tous-les-Saints et personne ne doit se rappeler comment il s'appelait auparavant.

– Pourquoi ?

– Librado Cornellá (inspecteur de l'Éducation chargé du Protocole de supervision des centres éducatifs de la ville de Madrid) entre dans le collège et va dans les salles. Librado Cornellá (inspecteur de l'Éducation) s'assure qu'il y a un crucifix dans chaque salle et que le professeur (avant le début de l'heure) fait prier tous les élèves.

– À voix haute ?

– Oui. Librado Cornellá (inspecteur de l'Éducation) veille à ce que le professeur porte des chaussures propres et vouvoie les élèves.

– Même s'ils ont dix ans ?

– Oui. Librado Cornellá (inspecteur de l'Éducation) a pour habitude de réunir tous les enseignants dans la salle des professeurs et de leur dire qu'ils doivent éveiller chez les élèves un intérêt pour les nouvelles technologies, la création d'entreprise et les activités bancaires. Ce qui, bien sûr, n'est pas incompatible avec la crainte de Dieu.

– Ni avec l'admiration pour l'armée ?

– Non plus. Librado Cornellá (inspecteur de l'Éducation) dit qu'il n'y a bien qu'un cours d'histoire par semaine mais qu'il est important. Librado Cornellá s'assure que le professeur accomplit scrupuleusement son devoir, c'est-à-dire faire en sorte que les élèves apprennent la leçon par cœur et soient capables de la réciter à voix haute. Les élèves disent : "Avant le Cube il n'y avait rien, que le chaos et le désordre. L'avènement du Cube a marqué l'avènement des temps modernes, de l'égalité et de la joie."

– Ça suffit.

– Les élèves disent : "Le Cube est le garant de notre paix et la lumière qui éclaire notre chemin vers l'avenir. Notre devoir est, avec l'aide de Dieu, de défendre le Cube contre les mensonges et contre ceux qui les disent."

– J'ai dit : ça suffit.

– Librado Cornellá est entré dans la classe du professeur Waldemar Cisneros et l'a entendu parler de sirènes. Il s'est levé de sa chaise et il est parti avant la fin de l'heure. L'objet de son rapport a été on ne peut plus explicite : pornographie.

– Et il a été renvoyé.

– Évidemment. Librado Cornellá monte aussi au second étage. Il demande aux filles de se lever et inspecte leur uniforme. Puis il s'assoit au premier rang et écoute. La professeur est une vraie professionnelle. Si seulement elles étaient toutes comme elle. Elle explique les différences fondamentales entre l'homme et la femme : la femme est sensible et l'homme est pragmatique. La femme est bavarde et l'homme aime le silence. La femme est préoccupée par des broutilles et les préoccupations de l'homme, en revanche, sont importantes.

– Il n'inspecte pas les locaux ?

– Si. Librado Cornellá (inspecteur de l'Éducation) descend au sous-sol, où se trouve la cantine. Il vérifie que les garçons et les filles ne mangent pas au même horaire et que les murs sont ornés de crucifix, de cartes du territoire national et de photographies des responsables gouvernementaux.

– C'est qui, ces responsables ?

– Soudain, le petit Samuel entre en courant dans la cantine et s'empare d'une poire. Derrière lui un des monstres de la ville de Madrid crie (en retroussant les manches de sa soutane). Il dit : "Pose cette poire immédiatement !" Le petit Samuel essaie de dire quelque chose, mais Librado Cornellá surgit derrière lui, l'attrape par une oreille et l'emmène chez le directeur.

– Ils le punissent ?

– Librado Cornellá et deux des monstres de la ville de

Madrid lui demandent s'il trouve ça bien de voler de la nourriture à ses camarades. Le petit Samuel dit que ce n'est pas pour lui mais pour sa petite sœur, qui a une maladie aux jambes. "Je vois (dit Librado Cornellá) et pourquoi tes parents ne lui donnent-ils pas une poire ?" "Mes parents (dit le petit Samuel) n'ont rien. Mes parents (dit le petit Samuel) vivent sous des cartons." Les deux monstres de la ville de Madrid se regardent d'un air entendu : les parents dégénérés donnent naissance à des voleurs. Ils lui disent d'aller à la chapelle, puis à la chambre noire. Le petit Samuel regarde le sol. Il dit : "La chambre noire me fait peur." Librado Cornellá lui caresse la tête. "Bien sûr qu'elle te fait peur, mais tu dois apprendre, et nous sommes là pour que tu apprennes." Et il ajoute : "Quand tu seras grand, tu nous remercieras."

– Il y a une chapelle dans le collège ?

– Librado Cornellá et le directeur du centre réunissent tous les enseignants dans la salle des professeurs et leur disent que les salles n'accueilleront plus quinze mais soixante-dix élèves et que (par ailleurs) ont été supprimées certaines matières qui (il est temps que quelqu'un le dise) ne servaient à rien. En conséquence de quoi, je vous souhaite (à ceux d'entre vous qui sont concernés par ces changements) bonne chance dans vos futurs emplois. À partir de maintenant, ce collège ne recrutera que des professeurs de religion. »

Les non-avortés

« Il y a des mange-ordures autour du lac de Madrid ?

– Non. Autour du lac de Madrid se trouvent les non-avortés.

– Ils marchent ?

– Non. Ils rampent. La brume glisse à la surface du lac. Le long de la jetée pourrissent les barques que personne n'ose prendre. Ici il n'y a pas de réverbères. Ils ont été arrachés pour que tombe (librement) le voile des ténèbres. Pour ne pas voir. Parce que ce que l'on ne voit pas n'existe (peut-être) pas.

– Mais il y a quelque chose qui bouge.

– Oui. La végétation du lac s'ouvre et arrive (dans la nuit perpétuelle de la ville de Madrid) la procession des non-avortés. Je répète que personne ne veut les voir. Personne n'a le cran de les regarder.

– Pourquoi ?

– On a obligé les non-avortés à naître parce qu'il n'y a rien de plus grand que la vie, pas même la souffrance.

– Ni le désespoir ?

– Non plus. Les non-avortés naissent avec de graves malformations, sans la moindre structure neurologique. Ils sont incapables de respirer par leurs propres moyens et très médiocrement constitués pour sentir, penser ou vouloir.

– Ils vont quelque part ?

– Les non-avortés se traînent nus dans la boue et dans l'herbe autour du lac. Ils ouvrent horriblement la bouche et (s'ils pouvaient crier) ils crieraient de douleur. Ils peuvent pleurer (en revanche). Leurs yeux énormes et asymétriques brillent dans l'obscurité, comme s'ils étaient enduits de beurre.

– Ils cherchent de quoi manger ?

– Non. Les non-avortés s'assoient autour du lac et (ceux qui peuvent) se mettent à chanter. Dès leur naissance on leur a dit qu'ils allaient mourir et ils sont là à attendre la fin dans la joie.

– En chantant.

– Oui. Ils chantent leurs jambes comme des tentacules et leur douleur sans traitement. Ils chantent leur moelle épinière ouverte et leur colonne vertébrale tordue. Puis ils lèvent leurs sondes rénales et leurs tétines trempées dans la morphine et trinquent à la santé de leur invitée.

– Qui ?

– La mort. Mais il est encore tôt. Avant minuit les non-avortés (ceux qui peuvent) se mettent par deux et dansent la valse du spina-bifida, la polka des atrophiés et le hard rock des hydrocéphales.

– Ça y est, il est l'heure.

– Au lac de la ville de Madrid arrive (silencieuse et ponctuelle, comme toujours) la Grande Faucheuse et (alors) les incontinents se chient et se pissent dessus de bonheur et les tétraplégiques (bien qu'ils le veuillent) ne peuvent pas tendre les bras vers elle pour l'étreindre.

– Elle n'en oublie aucun.

– Non. La Grande Faucheuse les touche un par un de ses grands doigts de glace et les non-avortés (enfin) se laissent glisser vers la rive du lac. Ils s'enfoncent dans l'eau (ils disparaissent dans les lambeaux de brume), tandis que leurs douleurs les quittent pour toujours et qu'ils commencent à reconnaître l'endroit (neutre, paisible) dont on n'aurait jamais dû les obliger à partir.

– Et le lac se retrouve désert ?
– Non. Il en arrive d'autres. »

Mariano Errejón

« Le petit Samuel ne va pas à la chapelle.
– Ni dans la chambre noire ?
– Non plus. Le petit Samuel marche jusqu'à l'aile ouest du collège et entre dans le gymnase. Il ferme la porte et utilise tous les objets possibles pour la bloquer.
– Il ne laisse entrer personne ?
– Pas pour l'instant. Cela fait plusieurs semaines que le gymnase ne sert plus : l'éducation physique a été supprimée (il n'était pas certain qu'apprendre à faire des bonds aide l'élève à gagner davantage d'argent plus tard).
– Qu'est-ce qu'il fait là-dedans ?
– Le petit Samuel s'assoit sur la poutre et regarde par une des fenêtres qui donnent sur la rue. Mariano Errejón (l'ancien conseiller principal d'éducation) passe par là par hasard et le voit derrière la fenêtre. Il lui demande : "Qu'est-ce que tu fais là, Samuel ?" Et Samuel répond : "Rien, monsieur, je me suis enfermé." Et il ajoute : "Je ne sortirai plus jamais d'ici."
– Ils défonceront la porte. »

« Un des monstres de la ville de Madrid retrousse les manches de sa soutane et monte l'escalier privé menant au bureau du directeur, qui (à ce moment-là) prend le café avec Librado Cornellá (inspecteur de l'Éducation). Il dit : "Il se passe quelque chose dans le gymnase."
– Qu'est-ce qui se passe ?

– Librado Cornellá et le directeur du centre arrivent à l'aile ouest du collège et demandent : "Qu'est-ce qui se passe ici ?" Un des monstres de la ville de Madrid dit (en s'essuyant les mains dans sa soutane) que cinquante professeurs et environ deux cents élèves se sont enfermés dans le gymnase.

– Pourquoi ?

– Librado Cornellá (inspecteur de l'Éducation) se tourne vers le directeur du centre et lui dit que les raisons pour lesquelles ces énergumènes se sont enfermés là-dedans n'ont aucune importance. Il n'y a que deux possibilités : les laisser là jusqu'à ce qu'ils meurent de faim ou appeler les anti-émeutes.

– Laquelle il choisit ?

– Librado Cornellá (inspecteur de l'Éducation) approche le visage de la porte du gymnase et crie aux professeurs qui sont à l'intérieur : "Si vous ne sortez pas sur-le-champ, je veillerai personnellement à ce que vous ne remettiez plus les pieds dans une salle de classe. Vous n'enseignerez plus jamais de toute votre putain de vie !"

– Quelqu'un lui répond ?

– Non. Un petit groupe d'anti-émeutes se présente au collège. La situation ne semble pas très compliquée. "Vous voulez qu'on défonce la porte ?" Librado Cornellá dit que non. "Quel besoin a-t-on de détériorer les locaux ?" (Il dit.) Et il ajoute : "Lancez plutôt des gaz lacrymogènes par la fenêtre. Vous verrez qu'ils sortiront d'eux-mêmes."

– Et ils lancent des *lacrymos* ?

– Oui. Les portes du gymnase s'ouvrent et tous (élèves et professeurs) sortent à la débandade. La plupart tombent à terre et mettent plusieurs minutes à reprendre leur souffle en se frottant les yeux. Librado Cornellá (inspecteur de l'Éducation) éclate de rire. "Eh bien ! (il dit) vos revendications n'ont pas duré longtemps !"

– Les anti-émeutes s'en vont ?

– Pas encore. Les professeurs (qui savent que c'est leur dernier jour au collège) se relèvent et sortent par la porte de derrière.

– Les élèves aussi ?

– Non. Les élèves entrent dans le laboratoire de chimie et sortent des caisses de minéraux, qu'ils jettent sur la police. Les anti-émeutes sortent leurs matraques et avancent dans le couloir. Les élèves finissent plaqués contre le mur du fond.

– Ils les frappent ?

– Oui. Le chef des anti-émeutes (il veut en finir au plus vite) donne l'ordre de tirer des balles en caoutchouc.

– Dans un couloir ?

– Oui. Le petit Samuel a reçu un coup de matraque dans l'estomac et est en train de vomir dans un coin quand (soudain) il est touché à l'œil par une balle en caoutchouc.

– Il a l'œil arraché ?

– Le petit Samuel ne sait pas si son œil a été arraché ou s'il n'a pas été arraché. Le petit Samuel s'assoit par terre, cache son visage dans ses mains et se met à pleurer. Tout ce qui se passe lui fait beaucoup de peine.

– Son œil a été arraché ?

– Oui. »

« Les migrants sortent par la bouche de métro Banco de España.

– Ils sont combien ?

– Des milliers. Les migrants se dirigent vers la place du Kilomètre Zéro et s'assoient autour de la statue de Norberto.

– Elle est toujours là ?

– Oui.

– Ils n'ont toujours pas réussi à la détruire ?

– Non. Les migrants ne craignent ni le froid ni la pluie. Les migrants ont réussi à s'échapper du quai du métro Banco de España et se disent que (en effet) il n'y a rien qui ressemble davantage au bonheur.

– Ils ne sont pas évacués de la place ?

– Les forces anti-émeutes bloquent les sept rues qui convergent vers la place du Kilomètre Zéro. Les policiers anti-émeutes observent les agitateurs. Des milliers d'étrangers (parmi lesquels beaucoup de Noirs et d'Arabes) qui croient qu'ils peuvent rester vivre dans la ville de Madrid.

– Ils donnent l'ordre ?

– Les hauts fonctionnaires du Cube (qui sont les hauts fonctionnaires du Cube ?) donnent l'ordre au chef des anti-émeutes et celui-ci (que devient un homme quand on lui donne un uniforme ?) dit à ses hommes que le bal va commencer.

– Qu'ils choisissent un partenaire.

– Exact. Le Noir Kumala se tourne vers les siens et leur dit quelque chose. "Nous, les migrants, on n'est ni des chômeurs ni des mange-ordures. On sait ce que c'est que la violence. On le sait mieux que ces crétins d'anti-émeutes."

– Ils se lèvent.

– Oui. Kumala leur dit de se lever et de faire face. "On ne va pas partir en courant (il dit). On ne va pas se couvrir la tête de nos mains. Que ces fils de putes nous regardent dans les yeux et ils verront qu'on va se battre. Ils verront qu'on est prêts à se battre jusqu'à la mort." Existe-t-il un acte de liberté plus grand ? Existe-t-il une fin plus digne ?

– La rixe commence.

– En réalité la rixe dure très peu de temps. Les migrants se battent pour leur dignité/identité et les anti-émeutes se battent pour le plaisir de sortir leur matraque. Au bout de cinq minutes, les forces de l'ordre font demi-tour et courent se cacher derrière les camions-citernes, qui lancent de l'eau sous pression contre l'ennemi.

– Ça marche ?

– Non. Les migrants vont jusqu'aux camions et les renversent.

– Et les fourgons ?

– Aussi. Les anti-émeutes (finalement) disparaissent. Le calme revient sur la place du Kilomètre Zéro.

– Pour longtemps ?

– Non. Sancho de Aza (colonel d'armée) est allongé dans son lit (en train d'imaginer un troupeau d'éléphants et une caisse de munitions) quand le téléphone sonne et le sort de sa rêverie. Il décroche le combiné. "Allô" (il dit). Les hauts fonctionnaires du Cube lui disent de réunir ses hommes et de se diriger (en se préparant au pire) vers la place du Kilomètre Zéro.

– Tout de suite ?

– Oui. La police coupe la circulation. Les camions sortent du quartier général de Sotavento et roulent librement dans les rues de la ville de Madrid. Ils cernent peu à peu la place du Kilomètre Zéro. Puis les soldats sautent à terre et prennent position.

– Ils sont armés ?

– Oui. Sancho de Aza (colonel d'armée) ordonne à plusieurs soldats de monter sur les toits et d'y installer les mitrailleuses.

– Et les migrants, qu'est-ce qu'ils font ?

– Kumala brandit un mouchoir blanc et s'approche d'un groupe de militaires. Il demande à parler au commandant de l'opération. Il lui dit qu'ils ne veulent rien faire de mal. Qu'ils veulent juste qu'on les laisse vivre en paix dans la ville de Madrid. Sancho de Aza le regarde dans les yeux et pense à la quantité de Noirs qu'il a tués durant ses campagnes d'Afrique. Il dit : "Les rues de la ville de Madrid sont pour les habitants de la ville de Madrid. Vous n'avez que deux options : retourner dans votre pays ou retourner à la station Banco de España."

– Et il n'en dit pas plus.

– Non. Kumala se retourne et dit à ses camarades de s'asseoir par terre et d'entamer une résistance passive.

– Et ils s'assoient ?

– Non. À cet instant, Sancho de Aza donne l'ordre de tirer et (soudain) les façades de la place se couvrent d'impacts. Les migrants (pris de panique) se mettent à courir sans but. Sancho de Aza rit. Il adore voir courir les Noirs. Dommage que ce ne soient pas des éléphants.

– Ils tirent pour tuer ?

– Non. Kumala élève la voix et dit aux autres de le suivre. Il court dans les rues de Madrid avec des milliers de migrants derrière lui et arrive à l'avenue de la Faim.

– À quelle hauteur ?

– Kumala s'arrête devant le musée Thyssen-Nokia-Bornemisza et dit aux migrants de défoncer la porte et d'entrer dans le bâtiment. Ils mettent à peine trois minutes à l'occuper entièrement. L'armée n'arrive pas à temps pour

les en empêcher.
– Ils les font sortir de force ?
– Kumala réunit les migrants dans les salles du musée et leur dit qu'ici ils sont en sécurité. On ne les fera pas sortir de force. Il dit : "Ils ne prendront pas le risque que des violences détruisent une part de leur patrimoine culturel."
– Il est sérieux ?
– Oui. Sancho de Aza dit : "Vous savez ce que vous avez à faire : mettez le feu au bâtiment. Les tableaux et les Noirs brûlent à merveille."
– Ça marche ?
– Oui. Les flammes enveloppent le bâtiment et la fumée (noire, dense) se glisse dans tous les interstices. Les portes du musée s'ouvrent. Ils ne sortent pas tous. Certains migrants restent à l'intérieur.
– Ils les ramènent au quai du métro Banco de España ?
– Non. Ils ne ramènent pas les migrants au quai du métro Banco de España. Ils les font monter dans des dizaines de camions de l'armée et les emmènent sur le mont du Pardo. Là, ils les font attendre (tremblants de froid et trempés de pluie) le temps que les soldats montent une cage cylindrique de plus de trente mètres de haut.
– Ils mettent combien de temps ?
– Une semaine. Les hauts fonctionnaires du Cube (devant le regard satisfait de Sancho de Aza, colonel d'armée) y enferment les migrants, se fendent d'un discours et s'en vont.
– Ils les laissent seuls ?
– Oui. Les migrants tentent de s'échapper de la cage. Ils grimpent le long des parois et quand ils arrivent en haut ils s'aperçoivent que le bord de la cage est une lame. Ils y appuient les mains et se retrouvent sans mains. Le sol de la

cage se remplit de membres amputés. Parfois les migrants enfoncent les genoux dans la boue et en appellent à Dieu en levant leurs moignons au ciel.

– Il leur reste l'espoir ?

– Non. »

Israel Pérez Varón

« Le docteur Argüelles marche jusqu'au quartier de pêcheurs d'Usera et s'approche du quai. Le *Cifra II* est amarré dans la partie la plus sale, où flottent toutes sortes d'ordures.

– Qu'est-ce qu'il fait là ?

– Le capitaine du *Cifra II* s'appelle Sigfrido. Il y a quelques années, le docteur Argüelles lui a retiré une tumeur de la taille d'un ballon de rugby. Il vient demander un service en échange.

– Qu'est-ce qu'il attend de lui ?

– Le docteur Argüelles saute sur le pont et trouve Sigfrido à la poupe en train de plier les filets de pêche. Il lève la tête et le regarde. Il dit : "Qu'est-ce que je peux faire pour vous, docteur ?" Cinq minutes plus tard, le *Cifra II* s'éloigne du port en direction de la plate-forme pétrolière.

– Et des sirènes.

– Aussi. La mer de Madrid est noire comme de l'encre. Dans la mer de Madrid vivent les sirènes les plus rusées de tous les océans.

– Et les plus belles.

– Oui. Les sirènes de la côte de Madrid montent sur les rochers et peignent leur longue chevelure. Elles attendent que le bateau apparaisse puis se mettent à chanter.

– Qu'est-ce qu'elles chantent ?
– Les sirènes de la côte de Madrid prononcent le nom de Sigfrido. Elles lui disent qu'il n'y a plus de poissons dans la mer et que les efforts qu'il fait tous les matins sont vains. Elles lui disent de sauter à l'eau, de nager jusqu'à elles et de se laisser choyer. Elles lui disent : "Nos corps nus te couvriront et toi (en échange), tu n'auras qu'à nous donner du plaisir."
– Et il saute ?
– Le docteur Argüelles entend le bruit d'un corps qui tombe à l'eau. Il se penche par-dessus bord et scrute la mer, noire comme de l'encre.
– Il voit quelque chose ?
– Non. Ensuite (quand la brume se dissipe) il découvre le corps de Sigfrido, nu et déchiqueté par des morsures.
– Il le sort de l'eau ?
– Non. Le *Cifra II* est porté par une vague et (soudain) apparaît la plate-forme pétrolière. Le docteur Argüelles n'avait jamais imaginé que (de près) elle puisse être aussi grande. Le *Cifra II* passe entre les grands piliers d'acier qui s'enfoncent dans la mer.
– Il cherche l'entrée ?
– Oui. »

« On explique à Israel Pérez Varón que son fils Samuel a participé violemment à un enfermement volontaire, qu'il est tombé (on ne sait pas très bien comment) et qu'il a heurté quelque chose et perdu un œil. Israel Pérez Varón prend son fils dans ses bras et l'emmène à l'hôpital militaire, qui est à cinq minutes du collège. Il va aux urgences et une infirmière lui demande ses papiers. Elle dit : "Nous ne pouvons pas le prendre en charge. Cet hôpital accueille uniquement les membres et les parents des membres des forces armées de la ville de Madrid."

– Il doit s'en aller ?

– Oui. Israel Pérez Varón prend le petit Samuel dans ses bras et sort dans la rue. Il parcourt plus de sept kilomètres à pied et arrive à l'hôpital de la Concorde et du Progrès. Il va aux urgences. Une infirmière saisit ses coordonnées sur l'ordinateur. Elle dit : "Votre carte d'assurance-maladie est périmée."

– Elle s'occupe de l'enfant ?

– Non. Israel Pérez Varón prend le petit Samuel dans ses bras et sort dans la rue. Il arrête les gens et demande si quelqu'un sait où se trouve l'hôpital clandestin auquel se rendent les personnes qui n'ont pas le droit de tomber malades. Une vieille dame s'approche et lui dit que la police a incendié cet hôpital et que le docteur Argüelles a quitté la ville. Et elle ajoute : "Mais ça n'a plus d'importance pour votre fils."

– Pourquoi ?

– Israel Pérez Varón s'aperçoit que (dans ses bras) il ne tient plus le petit Samuel, mais le cadavre du petit Samuel. Il l'emmène dans le parc où ils vivent et le dépose sous un carton. Puis il entre dans la boutique d'un Chinois et vole une cuillère.

– Pour quoi faire ?

– Israel Pérez Varón retourne au collège de son fils. Il monte l'escalier privé et frappe à la porte du bureau du directeur. Il ouvre avant qu'on ne lui dise d'entrer. Il prend le café avec Librado Cornellá (inspecteur de l'Éducation). Il dit : "Monsieur le directeur, pouvez-vous nous laisser seuls un instant ? "

– Il les laisse seuls ?

– Oui. Librado Cornellá dit : "Je suis vraiment désolé pour votre fils. Croyez bien que j'ai fait tout mon possible pour éviter les effusions de sang, mais vous savez comment sont les jeunes." "Ce n'est pas ce que j'ai entendu dire" (dit Israël). Et il sort la cuillère qu'il a volée au Chinois.

– Qu'est-ce qu'il va en faire ?

– Ce n'est pas si difficile d'arracher les yeux d'un homme avec une cuillère. Il suffit d'avoir à ses côtés le fantôme de son fils qui dit : "Fais-le, papa." »

5

L'HOMME INFINI

Antonia

« Tu t'appelles Igi W. Manchester, tu as cinquante ans et tu te reconnais à peine quand tu te regardes dans la glace.

– Pourquoi ?

– La vue depuis la plate-forme pétrolière est bien meilleure que la vue depuis le phare. Tu regardes à travers les baies vitrées. Tu aimes la sensation d'être au milieu de la mer de Madrid.

– Noire comme de l'encre.

– Oui. Puis tu t'éloignes de la baie vitrée et tu fais le tour du lit. Tu entres dans la salle de bains et tu approches le visage du miroir. Tu te reconnais vaguement. Tu passes le bout des doigts sur les cicatrices de tes tempes, qui se voient à peine.

– Je suis seul ?

– Morgana approche dans ton dos. Elle te pousse pour que tu lui laisses un peu du miroir.

– Elle touche aussi ses cicatrices ?

– Non, pas elle. Vous allez sous la douche. Vous avez l'habitude de faire l'amour (sous l'eau chaude) avant de commencer à travailler. Morgana se laisse sécher à l'air libre et enfile une chemise qui lui arrive aux genoux. Toi, tu restes encore un peu. L'eau chaude te déstresse. Les autres se sont habitués à ce que tu arrives en retard à la réunion.

– À quelle réunion ?

– Le professeur Andrés Mateo Cabanillas préside la table. Il te dit qu'aujourd'hui tu aurais quand même pu être à l'heure. À moins qu'on t'ait également opéré de la mémoire.

– Je dis quelque chose ?

– Non. Ginés de Montalbán a déjà allumé tous les moniteurs de HAL-1000 (le supercalculateur). Ginés de Montalbán vous explique que ce que vous voyez (vous le savez déjà), ce sont les images filmées par certaines des caméras de sécurité citoyenne installées par les fonctionnaires du Cube.

– C'est l'angle de l'hôtel Palace.

– Oui. L'hôtel Palace est entouré de mange-ordures. On ne les voit pas parce qu'ils sont encore sous leurs cartons, endormis. Une des caméras les plus élevées (située sur un des toits) renvoie l'image d'un groupe d'individus qui se fraient un chemin dans la mer de cartons et marchent au milieu de la rue.

– C'est qui ?

– Une deuxième caméra (placée sur le col d'un réverbère) relaie le moment où le groupe prend une rue à gauche et entre dans *La Pergola d'Or*.

– Où travaille Olivia ?

– Oui. C'est l'heure du café pour certains fonctionnaires

du Cube. Ils s'assoient autour de la table qui est collée au mur pour prendre un petit-déjeuner. Le serveur prend la commande et retourne derrière le bar. Il transmet en cuisine. Il dit : "Huit petits-déjeuners complets avec un chocolat chaud à la place d'un café." Une des serveuses acquiesce. Elle est nerveuse.

– Pourquoi ?

– Nous savons désormais qu'une personne peut attendre de longues années (le temps ne compte pas) avant de pouvoir consommer sa vengeance. Nous savons désormais qu'une personne d'apparence normale peut ne penser à rien d'autre qu'à rendre le mal qu'on lui a fait. Nous savons désormais (parce que nous l'avons vu) que le désir de vengeance est la nourriture qui donne des forces quand on faiblit et le baume qui apaise la brûlure des plaies. Olivia prépare sept cafés et un chocolat chaud et prie pour que le liquide qu'elle ajoute (deux gouttes suffisent, lui a dit [il y a quelques mois] Ricardo Estrella, dans son atelier du quartier de Huertas) soit réellement insipide et incolore.

– C'est du poison ?

– Olivia se surprend elle-même : son pouls est régulier et pas une seule goutte de sueur ne perle à son front. Elle pose les huit petits-déjeuners sur un énorme plateau, puis elle sort de la cuisine (en souriant), se dirige vers la table des fonctionnaires du Cube et leur dit : "Et voilà, huit petits-déjeuners." Et ensuite : "Bon appétit."

– Et elle retourne en cuisine ?

– Oui. Trente minutes s'écoulent. Les premières toux et les premiers étouffements commencent.

– Et les premiers départs aux toilettes.

– Aussi. Un des fonctionnaires s'effondre et se met à vomir une écume dense de couleur jaune. Les autres prennent peur. Ils veulent sortir dans la rue mais n'arrivent pas à la porte. Antonia (la fonctionnaire la plus âgée) est la dernière à mourir. Olivia s'agenouille à ses côtés et lui caresse la tête. "Vous savez (elle dit), mon fils aussi est mort empoisonné." Et elle ajoute : "C'était il y a très longtemps. Je ne sais pas si vous vous en souvenez. Il s'appelait Óliver."

– Des sirènes retentissent.

– Vous (dans la salle de réunion de la plate-forme pétrolière), vous continuez à regarder les moniteurs de HAL-1000 (le supercalculateur). Les caméras de surveillance citoyenne montrent la porte d'entrée de *La Pergola d'Or,* où arrivent trois ambulances et une voiture de police.

– Olivia est arrêtée ?

– Le plan, c'était qu'Olivia (dès qu'elle aurait empoisonné les huit fonctionnaires) se dépêche de s'enfuir par la fenêtre de la cuisine, qui donne dans une ruelle sombre, pleine de mange-ordures et de cartons. Mais (elle s'en rend compte maintenant) elle n'a aucun besoin de partir en courant. Son corps est détendu (comme si elle avait passé une nuit entière à dormir dans un lit). Elle se sent en paix avec le reste du monde (et avec elle-même). Ce qu'elle avait à faire, elle l'a fait. Rien ne peut lui arriver qui soit terrible au point de la priver de cette sensation de légèreté, de bonheur (peut-être).

– Et d'harmonie.

– Exact. »

Medulán Verdugo

« Sur les toits et les terrasses de tous les immeubles de la ville de Madrid il y a un écran plasma. C'est un immense écran de vingt mètres de haut sur quatre-vingt-dix mètres de large diffusant (sans interruption) le visage d'Ezequiel Caballo, qui s'adresse à la population et dit :"Les temps difficiles sont révolus. Nous sommes sortis de la crise. Je remercie la population de la ville de Madrid pour ses efforts inestimables et pour sa confiance en nous." Ceux qui ont perdu leur maison croient qu'ils ont tout perdu et que rien de pire ne peut plus leur arriver, mais ils se trompent. La police se dirige vers ceux qui ont perdu leur maison et leur met une amende pour avoir dormi dans la rue et une autre pour avoir cherché de la nourriture dans les bacs à ordures.

– Ils les paient ?

– Ceux qui ont perdu leur maison doivent encore payer la maison (qu'ils ont perdue) dont ils ont été expulsés. Ceux qui ont perdu leur maison doivent échanger leurs petits cartons contre des cartons plus grands parce que leurs enfants grandissent et que leurs pieds dépassent.

– Il y a des cartons pour tout le monde ?

– La loi tacite qui régit la vie des mange-ordures prévoit que les cartons des morts (ou les cartons de ceux qui se jettent du haut des falaises) soient mis à la disposition de ceux qui en ont besoin.

– Sans rien demander en échange.

– Si. Domingo María Sarmicnto ct Encarnación Gómez de la Cruz (alias la Nani) sortent de sous leur carton à deux places, le plient avec soin et (un jour l'un, un jour l'autre) le portent sous le bras. Au bout de la rue ils s'embrassent et chacun se rend à son travail. Ils doivent payer les études de leur fils.

– Ils travaillent dans quoi ?

– Encarnación Gómez de la Cruz (alias la Nani) a échappé à presque tout dans la vie (à la pauvreté, à la maladie, au désespoir, à la rancœur), mais l'impact de la prostitution l'a touchée en plein cœur. Au dernier étage de la discothèque KPT on boit du whisky, on dilapide le caviar et des dizaines de visages gras s'enfouissent dans des montagnes de cocaïne. Les banquiers et les hauts fonctionnaires du Cube aiment s'entourer de putes, mais ils finissent la nuit tellement ivres qu'ils ne peuvent pas coucher avec elles et se contentent de se faire sucer pendant qu'un ami les prend en photo. Encarnación Gómez de la Cruz (alias la Nani) fait partie des plus anciennes. Parfois elle fait une branlette à un ministre, alors elle regarde par la fenêtre et observe les rues de la ville de Madrid, les trottoirs couverts de cartons et les gens qui dorment dessous.

– Et parfois elle ferme les yeux.

– Oui. Encarnación Gómez de la Cruz (alias la Nani) doit fermer les yeux quand elle travaille sur un des sofas qui se trouvent à côté des fenêtres parce que la lumière des écrans plasma l'éblouit. »

« Qui a veillé au bien-être des habitants de la ville de Madrid ? Qui a passé des centaines de nuits éveillé, à penser aux enfants qui ne mangent pas trois fois par jour ? Ici, Ezequiel Caballo. Ezequiel Caballo est près de vous. Ezequiel Caballo écoute ce que le peuple lui demande et (c'est pourquoi) il obéit. »

« Domingo María Sarmiento (le carton à deux places [plié] sous le bras) marche jusqu'au port de plaisance du quartier de Salamanca, arrive à la Rambla Vieja de la ville de Madrid (un verger de quinze kilomètres sans chômeurs, ni mange-ordures ni sans-abri) et frappe à la porte de Medulán Verdugo.

– Le ministre ?

– Oui. Le ministre lui dit qu'il est en retard et que Tina et Sara (les molosses de métal) sont un peu nerveuses. "Je suis désolé, monsieur" (dit Domingo). "Il faut les emmener au parc : le vétérinaire dit qu'elles doivent faire de l'exercice parce qu'elles sont trop grosses. Tu as des sacs ?" (Il demande.) Domingo répond que non. "Et avec quoi tu veux ramasser la merde ? Avec les mains ?" Domingo hausse les épaules. "Je ne sais pas, monsieur, je la ramasserai avec ce que je trouverai." Medulán Verdugo rentre dans la maison. Quelques secondes plus tard la porte du garage s'ouvre. Aujourd'hui il a choisi la voiture grise.

– Il va au Cube ?

– Oui. Medulán Verdugo prend l'avenue de la Faim et regarde comme la ville a changé ces dernières années. Ce qui attire le plus son attention, c'est la présence (enfin) des animaux. Le gouvernement d'Ezequiel Caballo a tout fait pour qu'ils reviennent.

– Qu'est-ce qu'il a fait ?

– La société Metalfix s'est chargée du design des prototypes. Aujourd'hui (autour des maisons des familles comme il faut) les enfants jouent avec leurs petits chiens en métal.

– Et dans les quartiers pauvres ?

– Les chats en métal ont renversé les poubelles et les rats en métal montrent (parfois) les dents dans les caniveaux. Le ministre Medulán Verdugo s'arrête à un feu et lève la tête. Les mouettes volent en cercle. Elles ne se taisent jamais. La ville de Madrid commence (il le faut) à s'habituer à leurs piaillements de laiton. Le feu passe au vert. Medulán Verdugo roule jusqu'à la première sortie et accélère dès qu'il arrive sur la M-30. Il excède de plus de cent kilomètres-heure la vitesse limite. Je n'ai pas l'intention de lever le pied de l'accélérateur (il se dit).

– Pourquoi ?

– Les bas-côtés et les fossés de la ville de Madrid sont remplis de cadavres. Nous ne devons jamais l'oublier et (si nous ne l'avons pas oublié) nous ne devons jamais nous lasser de le répéter. Medulán Verdugo (ministre de la Justice) fonce sur l'asphalte pour ne pas entendre les cris des bouches ensablées. Il entre dans le tunnel et allume les phares. Dans les virages il y a des familles de mange-ordures.

– Et au plafond ?

– Au plafond il y a des chauves-souris de métal. Medulán Verdugo laisse sa voiture au parking du ministère et prend l'ascenseur jusqu'à son bureau. On l'informe aussitôt de la mort (par empoisonnement) de huit fonctionnaires. "Laissez-moi seul" (il dit). Il décroche le téléphone et appelle Domingo pour savoir comment vont Tina et Sara (les molosses de métal).

– Un concours va être ouvert ?

– Je ne sais pas. *Transports. Indépendant avec fourgonnette personnelle. Déménagements. Ramassage de décombres. Livreur à moto. Petites réparations. Nettoyages en tous genres. Plongeur. Sondeur. Téléopérateur. Garçon jeune. Carreleur. Aide à domicile. Repassage. Aide expérimentée. Apprenti peintre. Opérateur laverie. Garçon de maintenance. Dumper et chariot élévateur. Assistant-employé de bureau. Filles de l'après-midi. Démonteur.* Il n'y a pas de routes qui mènent à l'université.

– Ni de chemins qui mènent à l'université ?

– Non plus. Les fonctionnaires du Cube se chargent de déverser des camions de terre et de décombres dans toutes les rues qui conduisent aux facultés. Ensuite ils lâchent des centaines de rats métalliques qui couinent horriblement et des milliers de cafards de fer qui grimpent le long des jambes.

– Ils mordent ?

– Oui. Les professeurs sortent de sous leurs cartons et traversent le terrain vague qui débouche sur la cité universitaire. Parfois ils n'arrivent pas. Les fonctionnaires du Cube (sur ordre d'Ezequiel Caballo) ont creusé des puits dans cette terre meuble, où il est facile de faire des trous.

– Il y a eu des accidents ?

– Plus de mille professeurs y sont déjà tombés. On entend leurs cris (l'écho de leurs cris).

– Qu'est-ce qu'ils disent ?

– Ils avertissent les autres professeurs pour qu'ils ne tombent pas là où ils sont tombés. Ensuite, leurs voix s'éteignent.

– Et on entend de nouveau le martèlement de la pluie.

– Oui. Les professeurs qui parviennent à traverser le terrain vague entrent dans la faculté et s'aperçoivent que leur clé n'entre pas dans la serrure de leur bureau.

– Qu'est-ce qu'ils font ?

– Ils descendent le dire au gardien, mais le secrétariat n'existe plus.

– Et la loge ?

– Non plus. Plus tard ils découvrent que leurs collègues ne les saluent pas. Ils ne les voient même pas.

– Comme si c'étaient des fantômes ?

– Oui. Les noms des professeurs disparaissent des emplois du temps, disparaissent des portes, disparaissent des tableaux d'affichage et (au bout du compte) finissent par disparaître des mémoires.

– Qui assure les cours ?

– Les étudiants universitaires ne tiennent pas dans les salles. Les cent premiers occupent les tables. Les autres s'assoient par terre ou restent debout, adossés au mur. Les étudiants universitaires (parfois) s'apprêtent à entrer dans une salle et la trouvent fermée, avec une affiche (collée au scotch) indiquant que la discipline n'est plus enseignée.

– On leur propose une autre voie ?

– Les étudiants universitaires dont la filière n'existe plus quittent les locaux et s'assoient sur les bancs du campus, à côté des étudiants universitaires à qui on a (soudain) demandé plus d'argent que ce qu'ils pouvaient payer.

– Ils ne rentrent pas chez eux ?

– Ils n'ont pas de chez-eux. Medulán Verdugo (ministre de la Justice) raccroche le téléphone (il s'est assuré que Sara et Tina [les deux molosses de métal] ont bien fait leurs besoins), il met les pieds sur la table et se dit que peut-être (pour égayer son bureau) il pourrait se faire livrer un perroquet de métal. Puis il décroche de nouveau le téléphone et ouvre un concours. Huit postes.

– C'est ce que nous espérions ?

– Oui. »

Le professeur Andrés Mateo Cabanillas

« Souviens-toi de ton arrivée à la plate-forme pétrolière.

Tu as retrouvé tes anciens collègues du département de chimie biomoléculaire, excepté ceux qui étaient morts. Le professeur Andrés Mateo Cabanillas t'a expliqué qu'il travaillait là depuis plus de quinze ans, puis il t'a dit qu'il avait besoin de toi pour mener à bien un projet, que c'était pour cette raison qu'il avait envoyé Morgana te chercher.

– C'était quoi, ce projet ?

– Le docteur Argüelles s'est occupé de vous. Il vous a dit (Morgana le savait déjà) que vous alliez subir une opération de chirurgie esthétique. Il t'a emmené au bloc opératoire de la plate-forme pétrolière et t'a dit de compter jusqu'à dix. Tu n'es même pas allé jusqu'à trois. Tu es ressorti du bloc opératoire cinquante-deux heures plus tard. Tu t'es réveillé avec la tête bandée. Beaucoup plus de temps s'est écoulé avant qu'on ne te laisse te regarder dans le miroir. Tu ne t'es pas reconnu. La perte d'identité (tu t'es dit) (ne pas savoir qui nous sommes) est la source de toutes les disgrâces.

– Quelle est la prochaine étape ?

– Les habitants de la ville de Madrid haïssent à mort les fonctionnaires du Cube, mais il n'y a personne qui ne veuille pas en faire partie. Huit postes sont proposés au concours. Il y a plus de trois millions de candidats. Morgana et toi devez être parmi les huit retenus. La réussite du projet en dépend.

– Quelles sont nos chances ?

– Minimes. Le professeur Andrés Mateo Cabanillas fait non de la tête. "Souviens-toi que notre département de recherche sélectionnait les meilleurs parmi les meilleurs (il dit). Tu as eu la meilleure note."

– Et Morgana ?

– Le professeur Andrés Mateo Cabanillas secoue de

nouveau la tête de droite à gauche. Morgana et Igi W. Manchester n'existent plus. Il vous tend vos nouvelles cartes d'identité avec les photos de vos nouveaux visages, que vous reconnaissez à peine. Il dit : "La barque vous attend. Bonne chance."

– Comment je m'appelle maintenant ?

– La mer de Madrid est noire comme de l'encre. Les vagues se soulèvent à plus de deux kilomètres de la côte, se jettent contre les rochers des falaises et leur écume saute très haut, comme si elle voulait toucher les étoiles, qu'on ne voit pas. Dans la mer de Madrid vivent les sirènes. Celles de la mer de Madrid sont les plus belles, mais aussi les plus rusées. Il suffit de les entendre une seconde pour perdre toute volonté. Depuis la barque vous observez la côte de Madrid. Vous regardez la silhouette des immeubles éteints (vides), le feu des deux tours et l'éclat des milliers d'écrans plasma, depuis lesquels Ezequiel Caballo s'adresse à la population.

– On va à quelle plage ?

– Vous vous dirigez vers la plage de Delicias et laissez la barque derrière les rochers. Les mouettes de métal (au-dessus de vos têtes) volent en cercle. Les secouristes dorment dans leurs petites tours de surveillance. Personne ne passe sur le front de mer.

– Il est désert ?

– Non. Il est occupé par les mange-ordures. Ils se mettent sous leurs cartons et se protègent du froid et de la pluie. Vous marchez au milieu des cartons (on ne peut pas ne pas marcher au milieu des cartons) jusqu'aux arènes de Las Ventas où, sur le sable (abrité par une bâche), va se livrer la bataille sans pitié pour les huit postes de fonctionnaire du Cube.

– Personne ne nous reconnaît ?

– Non. Un fonctionnaire te conduit à une table qui porte ton nom (le nouveau) et ton numéro de passeport (le nouveau). Le sujet est posé devant toi (à l'envers). Ce sont cinquante pages de questions et d'exercices pratiques. On vous dit que vous avez deux heures pour répondre, à compter de maintenant. Tu retournes le sujet. Tu lis les dix premières questions. Tu connais (parfaitement) les réponses.

– Comment ?

– Vous vous êtes préparés (ces dernières années) sur la plate-forme pétrolière. Le professeur Andrés Mateo Cabanillas vous disait que vous deviez dire exactement le contraire de ce que disent les bouches ensablées des bas-côtés et des fossés de la M-30. Les bouches ensablées crient fort leur nom et ne cèdent pas devant les lois obscures de l'oubli et de l'humiliation. "Vous (vous disait le professeur Andrés Mateo Cabanillas), vous devez faire le contraire : qu'on entende à peine votre voix. Ne manifestez pas (le cas échéant) votre désaccord. Faites comprendre d'emblée que vous êtes disposés à devenir des laquais aux mille maîtres. L'obéissance et la génuflexion seront (donc) les couleurs de votre étendard. Ce n'est que de cette façon (concluait le professeur Andrés Mateo Cabanillas) que vous entrerez dans le corps des fonctionnaires du Cube."

– J'ai terminé l'examen.

– *Conseiller du matin. Représentant téléphonique. Assistant textile. Analyste bancaire. Agent immobilier débutant. Collaborateur passerelles de paiement. Enregistreur de données. Opérateur chargé de projet. Maintenance lave-vaisselle. Consultant en sélection. Manutentionnaire call*

center. Délégué régional support applications.
– C'est quoi, ça ?
– Je ne sais pas. »

Alejandro Sarmiento

« Le professeur Waldemar Cisneros fait une pause et regarde un instant par la fenêtre de l'amphithéâtre. Il a mis plusieurs années à trouver un travail à l'université. Il donne des cours de littérature en échange d'un tas de bons de nourriture.
– À quoi il pense ?
– Il détourne le regard de la fenêtre et se tourne vers les étudiants. Il leur dit que c'était le dernier cours pour tout le monde. "Vous avez votre master et les études de lettres et philosophie sont interrompues." Et il ajoute : "Le bâtiment va être démoli et remplacé par un terrain de padel." Il enlève ses lunettes et nettoie les verres. Il dit : "N'oubliez jamais cette faculté et, surtout, n'oubliez jamais la responsabilité que vous avez contractée. C'est à vous (il les regarde l'un après l'autre) de transmettre à vos enfants, à vos petits-enfants, à la génération la plus éloignée des temps à venir l'amour inconditionnel des livres, qu'il faut (aujourd'hui plus que jamais) tenir à l'abri du feu." Le professeur Waldemar Cisneros remet ses lunettes. "Nous sommes arrivés jusque-là (il dit). Allez voir le monde et poursuivez vos rêves. Accrochez-vous à l'idée du bonheur et ne lâchez jamais rien." Il se retourne vers la fenêtre. "Merci beaucoup de votre attention. Le cours est terminé."
– Les étudiants s'en vont ?
– Oui.

– Tous ?

– Non. Pas tous. Alejandro Sarmiento se lève de son siège, descend l'allée de l'amphithéâtre et monte sur l'estrade du professeur. Il tend la main à Waldemar Cisneros et le remercie. "Pour tout ce que vous nous avez enseigné" (il dit). Puis il fait demi-tour, quitte l'amphithéâtre et sort dans la rue.

– Il y a beaucoup de bruit.

– Oui. Le professeur Waldemar Cisneros reste dans l'amphithéâtre et éteint la lumière. Les ombres l'enveloppent comme une couverture chaude. De l'autre côté du mur (dans la rue) rugissent les machines d'acier. Un homme (avec un mégaphone) demande s'il reste quelqu'un dans le bâtiment. Il dit : "Nous allons procéder au démantèlement et à la démolition consécutive." Waldemar Cisneros ne dit rien, mais il a des doutes : mourir en même temps que meurt la faculté de lettres et philosophie est une fierté, mais qu'on fasse un terrain de padel sur sa dépouille est un déshonneur. »

« Ezequiel Caballo (dit Ezequiel Caballo) n'est ni un politique ni un produit de l'université. Ezequiel Caballo est l'essence des choses. Il est le progrès même de la société et l'abomination du mensonge et de la corruption. Ezequiel Caballo est la branche la plus verte du tronc de la philosophie. Je vais vous dire une chose : le plus grand mal est le manque d'amour, l'indifférence à l'égard du voisin qui vit dans la rue et supporte la double peine de la pauvreté et de la maladie. »

« Alejandro Sarmiento franchit la porte de la faculté et

passe devant les engins de démolition. Il marche sur les terrains vagues de la cité universitaire, pleins de puits et de rats en métal.

– Et de cafards.

– Alejandro passe toutes les heures de la journée à chercher un emploi. Il ne tarde pas à comprendre qu'il doit oublier les établissements scolaires : on ne recrute que des professeurs de religion. Il constate (aussi) que les librairies ont fermé (elles n'ont rien à vendre) et que les maisons d'édition publient uniquement des catéchismes, des histoires de la ville de Madrid et les cinquante tomes de la biographie illustrée d'Ezequiel Caballo. Il se propose comme correcteur, mais il n'y a rien à corriger dans une ville qui a remplacé les lettres par les chiffres.

– Il tente sa chance dans une association culturelle ?

– Cela n'existe pas. Cela ne le dérangerait pas de servir des cafés ou de déchirer des entrées dans les théâtres de la ville de Madrid.

– Il reste un théâtre ?

– Non. Norberto le disait déjà dans *La Chronique des temps anciens* : *Là où aujourd'hui on joue Beckett, dans quelques années on signera des prêts hypothécaires*. Les portes des cinémas aussi sont fermées (scellées avec des chaînes). À l'entrée s'étendent les cartons sous lesquels se couchent les mange-ordures.

– Il perd espoir ?

– Pas encore. Il essaie à l'Institut Cervantes. Le directeur le reçoit dans son bureau et lui propose de travailler bénévolement à l'accueil, ou de travailler bénévolement au secrétariat, ou de travailler bénévolement à l'entretien, ou de travailler bénévolement au gardiennage. Alejandro dit qu'il pourrait aussi donner des cours d'espagnol aux étrangers. Le directeur le regarde avec une authentique curiosité. "Quels étrangers ?" (Il demande.) L'entretien est terminé. Alejandro sort dans la rue et il est accueilli par la pluie. La ville de Madrid est une ville sans travail. La ville de Madrid est une ville de portes qui se ferment et d'immeubles qui s'éteignent. Arrive toujours le moment où on arrête de chercher du travail et où on se met sous un carton.

– Alejandro aussi ?

– Alejandro fait partie des derniers à s'avouer vaincus. Mme Fudina (une des voyantes de l'ancien quartier de Carabanchel) lui dit que non, elle n'a pas besoin d'assistant. "Ma boule de cristal, je la nettoie avec un chiffon" (elle dit). Alejandro voit son reflet dans le miroir du cabinet de divination de Mme Fudina, où il est venu demander du travail. Il sait que c'est la fin. Il est au niveau des flaques et des merdes de métal des chiens mécaniques. Il retourne dans la rue. La pluie a le bras long et pousse Alejandro à l'endroit qui est le sien : sous un carton.

– Aux côtés de ses parents ?

– Oui. »

Monsieur Fernández

« Ezequiel Caballo (à travers les écrans plasma) s'adresse à la population. Il dit : "Voici les noms des seize candidats qui sont admis à l'épreuve finale du concours d'entrée au corps des fonctionnaires du Cube."

– J'en fais partie ?

– Oui.

– Et Morgana ?

– Aussi. Écoute-moi bien : tu t'appelles David W. González et tu viens d'avoir quarante-deux ans. L'épreuve finale du concours va avoir lieu dans la salle du conseil de l'Académie royale espagnole. Il s'agit d'un entretien oral. Je suppose que tu sais ce que tu dois dire et comment tu dois te comporter.

– Oui.

– Vous êtes convoqués à trois heures précises (du matin ou de l'après-midi, peu importe : il fait noir de toute façon) en face de la gare d'Atocha. Vous attendez debout.

– On parle entre nous ?

– Non. Certains regardent la mer de Madrid (noire comme de l'encre) et pensent qu'ils finiront (peut-être) par devenir fonctionnaires du Cube, ce qui signifierait ne plus jamais retourner se mettre sous un carton.

– Ni chercher dans les ordures ?

– Non plus. Morgana s'approche de toi et te dit : "Mettre un pied dans le Cube n'est que le début. Ne l'oublie pas." Tu dis que non (que tu ne l'oublies pas). Morgana t'observe encore pendant quelques secondes. Il lui semble qu'il y a quelque chose d'étrange dans ton comportement.

– Quoi ?

– Un minibus passe vous prendre. Le chauffeur klaxonne pour se frayer un chemin parmi les mange-ordures, qui dorment par terre, sous leurs cartons. Vous remontez l'avenue de la Faim, passez devant les ruines du musée du Prado et tournez à droite, près de l'hôtel du Ritz. Les mange-ordures se lèvent et se poussent sur un côté. Vous vous garez devant l'Académie royale espagnole. Un homme en uniforme (que devient un homme quand on lui donne un uniforme ?) vous ouvre la porte et vous dit d'aller au bout du couloir. Un autre homme (également en uniforme) vous conduit jusqu'à la salle d'attente. Il y a une table avec du café et des *donuts*.

– On peut se servir ?

– Oui. De l'autre côté du mur (dans un salon d'accès restreint) on entend les voix des académiciens, qui discutent sur des mots. Une porte s'ouvre. M. Fernández dit : "Premier candidat, s'il vous plaît." L'épreuve finale (l'entretien) vient de commencer.

– Et moi, je passe quand ?

– Tu es le troisième. M. Fernández t'attend derrière son bureau. Il dit : "Asseyez-vous." Ici on entend (encore plus fort) les voix des académiciens, qui discutent (avec véhémence) sur des mots. Il te demande ton nom. Tu dis que tu t'appelles David W. González. Tu le dis à voix basse, en regardant le bureau, jamais ton interlocuteur.

– Pourquoi ?

– Tu devrais le savoir maintenant. Ta façon de t'asseoir aussi est très importante. Tu ne fais pas de bruit en reculant la chaise du bureau. Tu t'assois lentement, les jambes bien serrées, sans les croiser. Les bras non plus ne doivent pas être trop éloignés du corps. Ne mets jamais les mains sur le bureau.

– Qu'est-ce que je dois dire ?

– Tu ne parles que si on t'interroge. Tu ne montres jamais de désaccord avec l'opinion de M. Fernández. Tu fais com prendre clairement que tu sais ce qu'implique l'appartenance au corps des fonctionnaires du Cube : la fierté de l'obéissance au leader, la reconnaissance éternelle d'être vêtu et nourri, le soulagement à nul autre pareil de se savoir épaulé jusqu'au dernier jour de sa vie. M. Fernández dit que (outre des serviteurs déclarés) il leur faut des hommes qui fassent preuve d'initiative et de créativité. Il veut savoir si tu es de ceux-là. Tu hausses les épaules (modestement, timidement). Tu dis que ce que tu peux en dire n'a pas d'importance. "C'est quelque chose que vous devez voir mieux que moi" (tu dis). Mais la question (ce serait un manque de respect) ne doit pas rester sans réponse. Tu parles du crematorium de la place de Castille. Tu dis qu'il te vient à l'esprit que vous pourriez utiliser le feu des deux tours pour mettre au point un système de chauffage souterrain destiné à réchauffer les mange-ordures (qui dorment par terre) et à les inciter (en outre) à jeter de plus en plus de livres au feu, source de leur bien-être. M. Fernández te regarde (sans rien dire) dans les yeux. Puis il te dit : "Rappelez-moi votre nom..." Tu dis : "Je m'appelle David W. González." Il te tend la main. Il te dit que l'entretien est terminé. Tu retournes en salle d'attente. Les voix des académiciens, qui discutent sur des mots, te rendent nerveux. Ton nom apparaît en haut de la liste. Félicitations.

– J'ai réussi ?

– Oui.

– Et Morgana ?

– Aussi. »

« Le Cube est un bloc de béton qui n'a ni portes ni fenêtres. Le Cube a sept étages. Les cinq premiers sont divisés en services. Chaque service est subdivisé en sections, chaque section en unités, chaque unité en pôles et chaque pôle en boxes.

– Et les deux derniers étages ?

– On peut supposer qu'au sixième étage travaillent les

hauts fonctionnaires du Cube. Certaines légendes urbaines affirment que le septième étage est réservé à Ezequiel Caballo. Mais ce sont des conjectures. Ce sera à toi de découvrir la vérité.

– Et à Morgana.

– Exact. Dans chaque box il y a un fonctionnaire. Les boxes sont délimités par des paravents. Chaque fonctionnaire (dès son arrivée à son poste de travail) doit allumer l'ordinateur et suivre les instructions qui s'affichent à l'écran. C'est facile.

– Et moi, je m'assois où ?

– Où on te dit de t'asseoir. Ceux qui ont achevé leurs études universitaires sortent de sous leurs cartons et se mettent à marcher dans les rues de la ville de Madrid.

– Ils vont chercher du travail ?

– Plus maintenant. Ceux qui ont achevé leurs études universitaires vont jusqu'au bord des falaises et restent un moment à regarder la mer de Madrid, noire comme de l'encre.

– Ils sautent ?

– Non. Ceux qui ont achevé leurs études universitaires songent que la mer de Madrid (vague après vague, coup après coup) a modifié peu à peu le paysage (l'orographie) de la côte. Cela leur donne de l'espoir : ils pensent que (au bout du compte) celui qui résiste triomphe.

– Ils ont raison ?

– Non. Ceux qui ont achevé leurs études universitaires (et ceux qui les achèvent) marchent sur l'avenue de la Faim, dénichent quelques bouteilles de bière et s'assoient sur les décombres du musée du Prado. Puis ils se roulent quelques cigarettes et se mettent à fumer. Leur regard se perd à l'horizon.

– Quel horizon ?

– Je ne sais pas. La police arrive aussitôt. Elle leur dit de se lever et de partir. Et elle ajoute : "Ça ne vous ferait pas de mal de chercher un travail et d'arrêter de glander."

– Ils s'affrontent à la police ?

– Non. Ils quittent les ruines du musée du Prado et se remettent à marcher sur l'avenue de la Faim. Ils avancent en silence, en regardant par terre, les mains dans les poches. Ils arrivent au parc Colomb (où trône la statue du Madrilène qui a découvert l'Amérique). Ils s'assoient par terre en cercle. Ils ne parlent pas entre eux. Ils observent la file de gens qui marchent vers la place de Castille pour alimenter le feu des deux tours avec leurs livres. Ceux qui ont achevé leurs études universitaires font (parfois) un petit feu et (assis autour) se mettent à réciter les livres qu'ils ont mémorisés. C'est le meilleur moyen (ils disent) de ne jamais les oublier et (quand le changement sera si grand que tout redeviendra comme avant) de les réécrire.

– De mémoire ?

– Oui. La police arrive et leur dit qu'il est interdit de se rassembler. "Ça ne vous ferait pas de mal de chercher un travail et d'arrêter de glander" (elle ajoute). Ceux qui ont achevé leurs études universitaires se mettent à marcher (de nouveau) sur l'avenue de la Faim. Ils passent devant les deux immenses tours où l'on brûle les livres et poursuivent leur route.

– Ils savent où aller ?

– Oui. Les jeunes qui ont achevé leurs études universitaires prennent la première sortie qu'ils trouvent et se mettent à longer la M-30. Eux, ils n'ont pas peur des voix des morts (des bouches ensablées). Ils parlent même avec eux. Ils leur disent que maintenant ils doivent s'en aller, mais qu'un jour ils reviendront et ouvriront tous les fossés et tous les bas-côtés et que leurs voix (alors) parviendront (même) aux oreilles de ceux qui ont préféré se boucher les tympans avec la cire de l'indifférence.

– Et de la peur.

– Aussi. Les jeunes qui ont achevé leurs études universitaires arrivent au terminal numéro 5 de l'aéroport de Barajas, où deux cents avions décollent tous les jours.

– Et combien atterrissent ?

– Aucun. Le terminal numéro 5 de l'aéroport de Barajas est le terminal le plus grand du monde et (pourtant) il est trop petit pour accueillir les vagues d'étudiants qui s'agglutinent devant les comptoirs d'enregistrement. La file d'étudiants sort par la porte du terminal, fait plusieurs fois le tour du bâtiment et se perd dans le *no man's land* de la banlieue de la ville de Madrid, où il n'y a que de la pluie.

– Et des faucons de métal ?

– Aussi. Les centaines de milliers d'étudiants s'assoient par terre et passent leur temps à écouter le rugissement des avions qui passent (majestueux, incommensurables) au-dessus de leurs têtes. Parfois ils lèvent les yeux et les voient là-haut, triomphant de la pluie et du vent, des nuages et de la nuit pour gagner des destinations ignorées (n'importe quelle destination est bonne [disent les voyageurs] du moment qu'elle nous fait sortir d'ici).

– Il y en a qui reviennent ?

– Non. Le terminal numéro 5 de l'aéroport de Barajas est la porte ouverte à la liberté. La plupart des étudiants n'ont pas une seule valise à enregistrer. Ils s'assoient dans l'avion et ils ont le souffle court quand les moteurs rugissent comme des titans et que l'appareil prend de la vitesse sur la piste et tout à coup s'élève dans les airs. Ils regardent tous par les hublots. Ils voient la ville de Madrid rétrécir, puis les immeubles vides et les écrans plasma d'Ezequiel Caballo deviennent invisibles et (pendant quelques minutes) on ne voit plus que le paysage de cartons et la surface de la mer, noire et froide comme de l'encre.

– Jusqu'à ce qu'on ne voie plus rien.

– C'est ça. L'avion entre dans le grand nuage noir, le traverse et ressort de l'autre côté. Les voyageurs doivent se cacher les yeux avec les mains, car (soudain) le ciel est bleu et personne ne supporte la vue du soleil, qui luit (disent ceux qui sont là-haut) comme un clou d'or.

– Ils atterrissent où ?

– Aucune importance. »

Madame Tusquets

« Tu t'appelles David W. González, tu viens d'avoir quarante-deux ans et tu fais partie du corps des fonctionnaires du Cube, ce dont (as-tu songé un seul instant à cela ?) tu te sens fier.

– Pourquoi ?

– Tes collègues (fonctionnaires de l'Administration) viennent poser les contrats sur le bureau de ton box et te disent de signer en bas, à droite. Tu vas avoir une assurance-maladie privée (tu auras le droit d'être malade) et un fonds de pension. Tu vas pouvoir choisir n'importe lequel des appartements qui ont été évacués. Ils te disent : "Tu ne vivras plus jamais sous un carton."

– Ni dans une barque ?

– Non plus.
– Ni dans un bac de recyclage papier ?
– Non plus. Vous avez cinq minutes de pause. Vous sortez de vos boxes et vous vous réunissez dans le petit espace de détente, où il y a des bouteilles d'eau, des machines à café et des comprimés d'Ibuprofène. Morgana s'approche de toi et te dit qu'elle a envoyé des informations (et des fichiers) du Cube à HAL-1000 (le supercalculateur) depuis son ordinateur. Elle te demande si tu as fait la même chose (comme convenu). Tu dis que oui (tu mens) et tu retournes à ton box.
– Je continue à travailler ?
– Tu travailles plus que quiconque. Tu te concentres sur les instructions qui s'affichent sur l'écran de ton ordinateur et tu les suis à la lettre. Quelques heures plus tard, la sonnerie retentit dans ton service. C'est la pause-déjeuner. Tu laisses descendre tous tes collègues et tu descends ensuite (tu restes travailler encore un peu). Tu entres à *La Pergola d'Or* et Morgana te fait signe de la main : il y a une place à côté d'elle. Elle te dit (à voix basse) : "Je sais comment déconnecter l'alarme incendie du Cube." Tu bois ta soupe en deux gorgées, tu te lèves et tu y vas.
– Où ça ?
– À ton box. En une semaine tu fais le travail que tes collègues font en deux mois. C'est quelque chose qui ne passe pas inaperçu aux yeux de Mme Tusquets, la chef de service. Elle te dit : "Félicitations." Et elle ajoute : "Je te prédis un avenir très prometteur en tant que travailleur du Gouvernement." Tu la remercies. Tu dis que pour toi c'est un honneur. Tu dis que tu es prêt à faire des heures supplémentaires le soir. Mme Tusquets te sourit. Elle dit : "Ne

va pas si vite, le repos est une part importante du haut rendement. Ne l'oublie pas." Tu réponds : "Je ne l'oublierai pas." La sonnerie retentit de nouveau. La journée de travail est terminée. Tu lèves les yeux de l'écran, tu prends ton manteau et tu sors dans la rue. Tu te diriges vers le parking (souterrain) et tu cherches la place D-101, où est garée ta voiture, que tu viens d'acheter (avec la remise obligatoire pour les fonctionnaires du Cube).

– Morgana vient avec moi ?

– Non. La barrière se lève. Dans la rue, il n'y a presque pas de voitures. Les trottoirs sont couverts de cartons, sous lesquels dorment les mange-ordures.

– J'habite où ?

– Tu prends la première sortie qui mène à la M-30. La voiture se met à vibrer. Tu mets la radio pour ne pas entendre les voix des morts (les bouches ensablées). Tu as dix-huit minutes de trajet. Tu te souviens qu'on t'a proposé plus de deux mille appartements évacués. Tu n'as (cependant) choisi aucun de ceux-là. Le quartier est très important (tu as dit). Tu ralentis et tu prends la sortie suivante sur la droite. Tu passes sur un pont. Tu regardes le port de plaisance. Toi aussi, tu aimerais avoir un yacht comme ceux-là.

– J'ai les moyens de m'en acheter un ?

– Pas encore. La Rambla Vieja de la ville de Madrid est un havre de paix. Sur le boulevard on ne voit pas un seul carton de mange-ordures, les réverbères sont allumés et les cimes des arbres forment un tunnel vert où les couples convenables et les familles comme il faut se promènent (avec leurs chiens de métal) sans se mouiller. Tu sors la télécommande de la boîte à gants.

– La télécommande de quoi ?

– Tu t'arrêtes au bord du trottoir. Une grille métallique s'ouvre devant la maison de droite et tu mets la voiture dans le garage. Tu montes au salon. Ezequiel Caballo passe à la télévision. Tu montes le son. »

« Je ne vais pas nier que nous avons traversé des moments difficiles, mais cela fait partie du passé. Nous, citoyens de la ville de Madrid, savons toucher le fond et rebondir pour remonter à la surface. Nous avons désormais la tête hors de l'eau et nous voyons s'ouvrir (devant nos yeux) un horizon de prospérité et d'espérance. Ezequiel Caballo est ici pour vous tenir la main. Vous êtes tous mes enfants. Je vous aime. »

« Tu éteins la télévision (tu attends qu'Ezequiel Caballo ait fini de parler) et tu vas à la cuisine. Tu te prépares un blanc de poulet et une salade. Tu mets ton assiette sur un plateau et tu vas t'asseoir à la table de la salle à manger. Tu ouvres ton portable. Tu reçois un appel de Ginés de Montalbán.

– Depuis la plate-forme pétrolière ?

– Oui. Son visage s'affiche à l'écran. Il te dit que Morgana a réussi à désactiver l'alarme incendie et que ce serait bien que tu commences à partager des fichiers pour que HAL-1000 (le supercalculateur) puisse provoquer un court-circuit et une surtension dans le système électrique du Cube. Tu demandes : "Vous voulez provoquer un incendie ?" Ginés de Montalbán te dit que oui. Il dit : "Le Cube réduit en cendres. Ce serait un rêve devenu réalité."

– J'ai du tabac ?

– Oui. Tu allumes une cigarette et tu demandes : "Et

qu'est-ce qu'on va y gagner ? On tuerait cinq mille fonctionnaires et on détruirait un bâtiment. Mais les fonctionnaires se remplacent et les bâtiments se reconstruisent." Tu en conclus : "Si on incendie le Cube, il faudrait au moins qu'on soit sûrs qu'Ezequiel Caballo est à l'intérieur."

– J'ai de l'alcool ?

– Oui. Tu te sers un verre de whisky et tu dis : "Il faut trouver un moyen d'arriver jusqu'à lui. Donnez-moi juste un peu plus de temps." Tu vides ton verre de whisky et tu dis : "Rien ne me plairait plus que de tuer ce fils de pute de mes propres mains." Tu fermes l'ordinateur. Ginés de Montalbán (de même que Morgana) ne te croit pas vraiment (tu l'as vu dans ses yeux). Tu t'envoies un autre verre de whisky et tu vas te coucher.

– Seul ?

– Oui. »

Domingo María Sarmiento

« Medulán Verdugo (ministre de la Justice) donne quelques pièces à Domingo María Sarmiento pour qu'il aille promener Tina et Sara, ses deux molosses de métal, tous les matins. Ensuite il doit venir le chercher au ministère, à la sortie du travail. Domingo María Sarmiento (tandis qu'ils marcheront [en se frayant un chemin parmi les mange-ordures] vers *La Pergola d'Or*) lui dira que son costume lui va bien, puis il lui demandera des nouvelles de sa famille. "Les femmes sont une plaie (il dit), je donne ma carte de crédit à la mienne et ça l'occupe comme un enfant avec une tétine." Domingo María Sarmiento (à ce moment-là) doit rire. Il doit éclater d'un rire ronflant et bref. Il s'est beaucoup entraîné sous son carton à deux places.

– Ils arrivent à *La Pergola d'Or*.

– Medulán Verdugo a toujours une table réservée. Le serveur (sans poser de questions) sert un steak frites à Medulán Verdugo et une soupe de potiron à Domingo María Sarmiento. Le ministre dit qu'il va inviter quelques fonctionnaires chez lui quand sa femme sera partie en retraite spirituelle. Domingo rit de nouveau et dit : "Il n'y a pas une femme qui vous résiste, hein ?" Le ministre s'allume un cigare et commande une autre bouteille de vin. Il dit : « J'aime bien me faire des fonctionnaires qui s'ennuient, mais je préfère les putes. » Et il ajoute : "Une bière dans une main, un rail de cocaïne dans l'autre et la tête d'une pute entre les jambes. Qu'est-ce que je peux demander de plus à la vie, mon vieux Domingo ?" Domingo María Sarmiento (qui est un vrai pro) ouvre grand les yeux et dit une phrase du genre : "Medulán, vous êtes unique."

– Ils prennent un dessert ?

– Le ministre oui. Il dit au serveur de tout mettre sur son compte. La part de mon ami aussi (il dit), sinon il faudrait qu'il reste faire la plonge. "N'est-ce pas, Domingo ?" Domingo dit que oui. Ils sortent. Le ministre doit retourner un moment au ministère. "Reviens plus tard (il lui dit). Je veux te présenter quelques-uns de mes amis."

– Quels amis ?

– Domingo María Sarmiento n'a pas d'endroit où aller. Il s'assoit sur un banc et attend que le ministre de la Justice ressorte par la porte du ministère. Il devra lui dire (quand il le verra) que son costume lui va très bien et qu'il a hâte qu'il lui présente ses amis. Medulán Verdugo met une couverture sur le siège du passager et dit à Domingo de s'asseoir dans la voiture et de ne rien toucher avec ces mains-là.

– Ils vont où ?

– Derrière le stade Santiago-Bernabéu il y a un restaurant de luxe. Medulán Verdugo laisse la clé au voiturier et dit à Domingo d'entrer derrière lui et de ne parler que s'il le lui demande. Le gérant du restaurant lui souhaite la bienvenue. "Vos amis vous attendent, monsieur le ministre" (il lui dit).

– C'est qui, ses amis ?

– Ils sont assis autour d'une table ronde, à côté d'un immense aquarium de poissons en métal. Velasco Bermúdez (ministre de la Santé), Nuño Muñoz (ministre de l'Éducation), Recadero Flaínez (ministre de l'Économie) et Lope Carrillo (ministre de l'Agriculture) présentent Mariano Guillén, Roberto Manzano, Jesús Setién et Perico Toledo, leurs mange-ordures personnels. Medulán Verdugo dit : "Je vous présente Domingo María, un vieil ami. N'est-ce pas, Domingo ? N'est-ce pas que tu es un ami de Medulán ?" Domingo dit que oui.

– Il ne peut pas dire le contraire.

– Non. Velasco Bermúdez (entre l'entrée et le plat principal) dit que Mariano Guillén est capable de calculer le montant exact du dîner avant que le serveur n'apporte l'addition. "Bravo, Mariano !" (Dit un des ministres.)

– Lequel ?

– Peu importe. Nuño Muñoz (ministre de l'Éducation) dit que Roberto Manzano peut désigner n'importe quel objet d'un restaurant en sept langues différentes. "Allez, Roberto, comment on dit verre en anglais ?" "Allez, Roberto, comment on dit couteau en allemand ?" "Allez, Roberto, comment on dit pizza en italien ?" "Trois hourras pour Roberto !" (Dit un des ministres.) Et les autres applaudissent.

– Et les serveurs ?

– Ils sont habitués. Recadero Flaínez (ministre de l'Économie) dit aux autres ministres qu'il a rencontré Jesús Setién au Country Club de la Puerta de Hierro. C'est lui qui va chercher les balles de golf au fond des étangs. Il entre dans l'eau et n'en laisse pas une. Vous n'imaginez pas tout l'argent qu'il nous fait économiser. "N'est-ce pas, Jesús ? Allez, dis-leur. Dis à mes amis combien d'argent tu nous fais économiser en balles." "Je ne sais pas" (il dit). Et il émiette un morceau de pain sur la nappe.

– Et Perico Toledo ?

– Il est allé aux toilettes ?

– Il a demandé l'autorisation ?

– Oui. Medulán Verdugo éteint sa cigarette dans le cendrier, pose la main sur la nuque de Domingo María Sarmiento et dit : "Vous voyez mon ami ? Vous le voyez bien ? Oui ? Eh bien c'est le mari de la Nani." Ils arrêtent de manger. Les quatre ministres (cinq, si on compte Medulán) posent leurs couverts sur la table, observent Domingo María Sarmiento pendant quelques secondes et partent d'un éclat de rire phénoménal, un éclat de rire qui fait taire toutes les conversations et attire tous les regards aux autres tables. Quelqu'un répète : "Le mari de la Nani ?" Et les éclats de rire repartent. Un autre dit : "J'espère qu'on ne te la fatigue pas trop, mon vieux Domingo." Et ils continuent à rire. Domingo María Sarmiento ne dit rien. Il lève les yeux au plafond et retient ses larmes. Il a envie d'aller dans sa rue, de se mettre sous son carton à deux places et de prendre sa femme dans ses bras.

– La Nani.

– Oui. »

Marta Canales

« L'université de la ville de Madrid offre de nombreux débouchés professionnels, dont le premier est la prostitution. Les étudiantes universitaires se heurtent au refus de leur propriétaire de leur faire crédit un mois de plus, à leur répugnance à chercher de la nourriture dans les bacs à ordures et à leur incapacité à payer les frais de scolarité. Les étudiantes universitaires se disent qu'elles supporteront n'importe quoi (même si cela leur semble horrible) plutôt que de mettre dans leur lit un homme qu'elles ne connaissent pas. Les étudiantes universitaires finissent (donc) par laver les escaliers d'une banque à trois heures du matin ou par porter un déguisement de panda à l'entrée d'un salon de massages chinois. C'est (en réalité) le moyen le plus rapide de provoquer ce qui doit arriver.

– Quoi ?

– Les étudiantes universitaires (un matin) se lèvent et ne savent pas très bien ce qu'elles font. Elles s'enferment dans leur salle de bains et prennent quelques photos d'elles.

– Nues ?

– Elles envoient les photos à des établissements du quartier de Salamanca (avec vue exceptionnelle sur le port de plaisance) et trois semaines plus tard elles reçoivent un appel pour venir offrir un service.

– Un appel de qui ?

– Alto Standing est un bar discret de l'ancienne rue de

Cartagena. Le comptoir est très bien éclairé et fait briller les bouteilles de couleur et les verres (aux bords sucrés) des cocktails. Chaque table a sa lampe. Les serveurs sont en veston et nœud papillon et ont l'obligation d'être sympathiques. Il y a deux portes : la porte bleue est celle des toilettes et la porte verte est celle qui donne accès aux chambres. C'est là qu'attend l'étudiante universitaire. Le propriétaire lui a dit que (comme il sait que c'est la première fois qu'elle fait la pute) il lui a cherché un client normal. "Il n'aime pas les trucs bizarres (il dit). Il tire un coup vite fait et rentre chez lui regarder la télé avec sa femme."

– C'est combien ?

– Les prostituées universitaires éprouvent toutes la même chose la première fois : elles se figent quand la porte de la chambre s'ouvre et qu'entre un inconnu (de trente ou quarante ans de plus qu'elles, en général). Ça leur fait tout drôle de lui retirer sa veste et de déboutonner sa chemise. Ça leur semble grotesque de l'aider à enlever son pantalon et elles sont un peu dégoûtées par l'odeur forte de ses organes génitaux. Elles ont peur la première fois qu'elles se mettent (pour de l'argent) une bite dans la bouche. Elles ne savent pas si elles seront à la hauteur de leur propre tarif. Mais l'homme se met aussitôt à gémir et à appeler la prostituée universitaire chérie, alors elle se détend. L'inconnu sort sa queue de sa bouche et lui demande de se déshabiller et de s'allonger sur le lit, d'abord sur le dos, après on verra. C'est un moment crucial : la prostituée universitaire voit sa façon de la regarder et comprend (subitement et pour le reste de sa vie) le pouvoir incommensurable qu'on a quand on a deux seins.

– Combien il la paie ?

– Marta Canales se fait appeler Magdalena. Marta Canales (Magdalena) est en première année de philosophie et dans le bar Alto Standing elle a une liste d'attente. Elle couche avec un homme par jour. Elle a appris les deux choses les plus importantes que doit apprendre une prostituée universitaire : faire en sorte que l'homme jouisse quand elle le veut et feindre les orgasmes de manière convaincante. Ils la traitent tous très bien. C'est vrai qu'il y en a qui ont absolument voulu la lui mettre dans le cul, mais (finalement) peu importe : ce sont les aléas du métier et le problème se résout en multipliant le tarif par deux. Ensuite on est venu la chercher.

– Qui ?

– Un soir (après avoir pris sa douche et fait ses devoirs) elle est sortie de la chambre, descendue au bar et une femme est venue lui demander de l'accompagner dehors parce qu'elle voulait lui parler. Elles ont fait un tour sur la Rambla Vieja de la ville de Madrid et se sont assises sur un des bancs du port de plaisance. "Je m'appelle Encarnación, mais tout le monde m'appelle Nani." Elles ont gardé le silence. Puis Nani a repris : "Je sais que dans le bar Alto Standing on te traite très bien et que les clients sont courtois et respectueux, mais (crois-moi) tu vaux plus que ce qu'on te paie." Marta Canales s'est tournée vers elle et l'a regardée dans les yeux. Nani a dit : "Garde ta jeunesse pour ceux qui peuvent vraiment la payer."

– Qui ça ? »

« Alejandro entre dans sa rue, déplie son carton et s'allonge dessous. Le sol est froid et mouillé et il y a toujours l'angoisse d'être gagné par l'insalubrité de la pierre et de passer deux semaines avec quarante de fièvre. Cette fois (néanmoins) Alejandro est un peu plus optimiste : il a un journal.

– Pour se couvrir ?

– Non. Il met la tête sous le carton. La pluie résonne comme si des centaines de doigts tambourinaient sur le couvercle d'un cercueil. Il ferme les yeux. Il serre le journal contre sa poitrine. Il attend que ses parents rentrent du travail.

– Ils mettent longtemps ?

– Je ne sais pas. Quelle importance ? Encarnación Gómez de la Cruz et Domingo María Sarmiento marchent main dans la main dans la rue. Ils voient leur fils sous son carton et sont rassurés (le petit est à la maison). Ils se mettent sous le leur (à deux places).

– Ils s'endorment ?

– Non. Alejandro (depuis son carton) leur dit qu'il faut qu'il leur parle. "De quoi ?" (Ils demandent, sous leur carton à deux places.) Alejandro leur explique qu'une offre d'emploi est parue dans le journal. Un poste d'opérateur de saisie s'est libéré dans un des bureaux de la Banque centrale des caisses confédérées. Encarnación et Domingo sortent la tête de leur carton. "Et qu'est-ce que tu veux qu'on fasse ?" Alejandro est tout à fait serein quand il dit : "Vous travaillez pour le ministre de la Justice." Et il ajoute : "Ça ne le dérangera peut-être pas de vous rendre un service."

– Une lumière éclaire son visage.

– C'est l'écran plasma. »

« Nous devons avoir l'audace d'être intelligents. Notre mission consiste à bâtir des ponts pour surmonter les distances qui nous séparent. Ezequiel Caballo a prouvé que l'on peut croire en sa parole. Ezequiel Caballo assoit sa réputation sur le travail dur et l'amour du prochain. Ezequiel Caballo sait prédire ce qui se passera demain : les jeunes prendront les rênes du cheval que nous chevauchons. L'avenir leur appartient. Nous sommes entre leurs mains. C'est pourquoi Ezequiel Caballo leur garantit formation et (par là même) stabilité. »

« La société Metalfix a créé (à ce jour) mille cinq cents espèces d'animaux en métal. La société Metalfix s'attache aux plus petits détails. Tina et Sara (les molosses mécaniques) se réveillent en même temps et courent dans la chambre de Medulán Verdugo (ministre de la Justice) pour lui lécher le visage et lui demander de les sortir. Medulán Verdugo se lève et les caresse derrière les oreilles. "Attendez un peu" (il dit). Et Tina et Sara (les molosses mécaniques) se couchent devant la porte de la salle de bains. Medulán Verdugo finit de se doucher et s'habille (il met son costume) devant le miroir. Aujourd'hui (il se dit en se rasant) je vais prendre la voiture blanche. Il ouvre la porte d'entrée et Domingo María Sarmiento est là (sous la pluie). "Emmène-les au parc et fais-les courir un bon coup" (dit le ministre). Domingo María Sarmiento prend les laisses des molosses et regarde par terre. Il dit : "Mon gamin a trouvé une offre d'emploi dans le journal." Et il poursuit : "C'est à la banque. Comme opérateur de saisie. Rien de particulier." Puis il respire profondément et dit : "Vous connaissez le directeur. Vous pourriez peut-être aller lui parler." Medulán Verdugo abrite les molosses sous son parapluie. Il dit : "Je ne sais pas. On verra."

– Il va l'aider ?

– Non. La Nani le lui répète le soir même : "Ces gens ne rendent pas de services. Ils renvoient l'ascenseur. C'est incroyable que (après tout ce temps) tu ne saches pas comment ils fonctionnent." Domingo María Sarmiento ne dit rien (c'est sans doute une façon de donner raison à sa femme). Domingo María Sarmiento (sous le carton) se serre contre sa femme et cherche la chaleur de son corps. La Nani est songeuse. Elle dit : "Je vais me charger du ministre. Ne t'inquiète pas."

– Ils s'endorment ?

– Oui. La Nani ramasse son carton à deux places (elle le plie et se le met sous le bras) et s'en va à pied. Elle sonne à l'interphone d'une pension et attend sous le porche (à l'abri de la pluie). Marta Canales ne se fait pas attendre. Nani la regarde du coin de l'œil, se demande si elle a déjà vu une fille aussi belle et réfléchit (parce qu'elle doit y réfléchir) au tarif qui pourrait être demandé pour ses services. Marta dit : "Bon, ils sont où ces types pleins aux as ?" La Nani lui arrange un peu les cheveux. Elle répond : "Au ministère." Marta avale sa salive. Elle ne dit plus un mot de tout le chemin.

– On n'a jamais mangé personne ici.

– Marta Canales (alias Magdalena) dit qu'elle vient de la part de la Nani et qu'elle souhaite rencontrer monsieur Verdugo (ministre de la Justice). Deux fonctionnaires l'accompagnent à l'ascenseur et montent avec elle au cinquième étage. Le bureau du ministre est au bout du couloir.

– Elle est arrivée ?

– Oui. Medulán Verdugo (ministre de la Justice) est au téléphone (il doit s'assurer que les molosses vont bien) quand on frappe à la porte et qu'une voix féminine demande l'autorisation d'entrer. "Entrez" (dit le ministre). Magdalena entre dans le bureau, retire son manteau et (pendant qu'elle retire son manteau) dit au ministre qu'elle est un cadeau de la part de la Nani. Et elle ajoute : "Et de Domingo."

– Elle retire juste son manteau ?

– Non. Madgalena est de nouveau consciente de son pouvoir. Le ministre s'approche d'elle. Il l'assoit sur son bureau et lui écarte les jambes. Il lui met les doigts. Magdalena est humide et sait bouger (lentement, doucement) comme si elle aimait ce qu'on lui fait. Le ministre déboutonne son pantalon et sort sa queue. Il la lui met aussi profond qu'il peut. Magdalena attend quelques minutes, puis serre fort le vagin. Le ministre sort d'elle. "Laisse tomber tes combines de pute" (il dit). Et il la lui remet. Il se retient à chaque fois qu'il va jouir. Il la prend par le cul et par la bouche. Il la fesse et lui laisse le cul à vif. Il lui crache dessus, aussi, et la traite de salope. Puis il éjacule sur son visage et s'essuie la queue dans ses cheveux. Le ministre (fatigué) s'assoit sur son fauteuil et lâche un pet. Puis il tend la main et prend son portefeuille. "Je te dois combien ?" Magdalena dit (en se rhabillant) : "Je vous l'ai dit, je suis un cadeau." Et elle ajoute (avant de s'en aller) : "S'il vous plaît, n'oubliez pas cet emploi à la banque pour le fils de la Nani."

– Et elle s'en va.

– Oui. Magdalena sort du bureau. Le ministre allume une cigarette et décroche son téléphone.

– Il appelle le directeur de la banque ?

– Oui. »

Sergio Pombo

« Domingo María Sarmiento (comme chaque jour) l'attend à la sortie du ministère. Le ministre lui dit : "Putain, Domingo, quelle surprise, qu'est-ce que tu fais là ?" Domingo lui explique qu'il était dans le coin et qu'il a pensé qu'ils pourraient aller manger ensemble. Il lui dit aussi (pendant qu'ils vont [en se frayant un chemin parmi les mange-ordures] à *La Pergola d'Or*) que le costume qu'il a choisi aujourd'hui lui va à ravir. Le ministre commande un steak frites et dit au serveur d'apporter une soupe de légumes à son ami Domingo. Il allume une cigarette et jette la cendre par terre. Il dit : "Tu connais Sergio Pombo ?" Domingo dit que non. "C'est le directeur de la Banque centrale des caisses confédérées (il dit). Dis à ton garçon de passer le voir."

– À propos de l'offre d'emploi ?

– Oui.

– Comme opérateur de saisie ?

– Oui. Il n'a pas été facile de transformer un bâtiment inutile comme l'ancien Théâtre royal en un centre dynamique (et moderne) comme la Banque centrale des caisses confédérées. Il a fallu plus d'un an pour sortir les décors et les costumes et les emporter au crematorium de la place de Castille. On dit à Alejandro (à l'accueil) que M. Pombo (le directeur) l'attend.

– Dans son bureau ?

– Oui. M. Pombo achève de signer une montagne de documents et dit : "Entrez !" Alejandro ouvre la porte, fait deux pas et s'arrête. Il dit : "Bonjour." M. Pombo le regarde de haut en bas. Il lui dit : "Je n'ai pas beaucoup de temps et j'aime aller droit au but. Tu es le gosse que m'envoie le ministre, non ? celui qui veut le poste d'opérateur de saisie." Alejandro répond que oui.

– Il lui fait passer un entretien ?

– Non. La voiture de M. Pombo sort par la rampe du parking et se dirige vers la M-30. Il demande : "Les voix des morts te dérangent ?" Alejandro n'a pas le temps de répondre. M. Pombo a mis la radio (très fort) et on entend le monologue d'Ezequiel Caballo, qui s'adresse à tous les auditeurs de la ville de Madrid. »

« Ezequiel Caballo (dit Ezequiel Caballo) est incorruptible et il est (en outre) le seul homme qui n'ait pas de prix. Ezequiel Caballo est le libérateur et le purifié. Rien ne m'écœure davantage que l'odeur du crime. C'est pourquoi (depuis que j'assume ma destinée [mon mandat] à la tête de la ville de Madrid) je livre une bataille sanglante et sans pitié contre tous ceux qui (portés par leur amour du pouvoir ou leur soif de profit) compromettent notre cohabitation pacifique. La victoire (cependant) sera toujours de notre côté. Ezequiel Caballo est l'homme infini. L'unique bénéfice d'Ezequiel Caballo est la paix. Il effacerait son nom des pages d'or de l'Histoire en échange d'une minute universelle de paix. »

« La voiture de M. Pombo sort de la M-30 et prend la route de la montagne. Alejandro a le front appuyé contre la vitre. La ville de Madrid prend fin (progressivement). Les derniers immeubles disparaissent et se déploie le tapis de la campagne inondée, sur lequel paissent quelques troupeaux épars de vaches métalliques.

– Ils se parlent ?

– Non. M. Pombo (pendant qu'il conduit) parle de quelque chose mais Alejandro ne l'entend pas. La voix de M. Pombo est une rumeur qui se fond parmi le bruit du moteur et le son de la pluie. L'ascension commence et la voiture (à cette vitesse) crisse dans les virages et fend les flaques qui se sont formées dans les dénivellations de la route. Ils traversent des dizaines de villages (bâtiments anciens, rues désertes, clochers rouillés avec des cigognes de métal) et continuent à monter. Les étangs ont débordé. La brume (le grand nuage suspendu au-dessus de la ville de Madrid) se pose sur la terre nue. Il faut rouler très lentement. On ne voit rien au-delà d'un mètre de distance.

– Ils sont bientôt arrivés ?

– M. Pombo tourne à droite et la voiture se met à bringuebaler sur les cailloux. Le chemin de terre mène à une grille en fer forgé (qui s'ouvre en silence) et la grille en fer forgé donne accès à un jardin qui s'achève au seuil d'une maison.

– Une résidence ?

– Plus ou moins. Ils sortent de la voiture. L'humidité est immense et (quand ils arrivent à la maison) ils sont trempés. M. Pombo dit à Alejandro de se mettre à l'aise pendant qu'il allume le feu en haut. Alejandro laisse son manteau sur le dossier d'une chaise et regarde autour de lui. Les murs sont ornés de têtes d'animaux anciens. Il demande : "Vous êtes chasseur ?" M. Pombo ne répond pas. M. Pombo passe la tête au-dessus de la balustrade de l'étage et dit : "Monte."

– À l'étage ?

– Oui. Le feu est allumé dans la chambre. L'air est chaud et semble peser sur les épaules. M. Pombo est assis au pied du lit. Il dit : "Viens t'asseoir à côté de moi."

– Il s'assoit ?

– Oui. Au moins il fait chaud (se dit Alejandro). Au moins il ne se met pas à trembler quand M. Pombo l'aide à retirer ses vêtements. Il le couche sur le lit. Alejandro regarde le plafond et ferme les yeux. M. Pombo a pris sa queue et l'a mise dans sa bouche. Il la mord et la serre fort avec la main. Il n'arrive pas à la durcir. Il dit : "Tu es nerveux ?" Alejandro dit que non.

– Il fait chaud ?

– On étouffe. M. Pombo se lèche un doigt et le lui met dans le cul. Puis il le sort et lubrifie l'anus d'Alejandro avec de la vaseline. Il lui écarte les jambes et se couche sur lui. Il lui dit à l'oreille : "Respire à fond."

– Le feu crépite dans la cheminée.

– Oui. Le trajet du retour se fait en silence. Sergio Pombo s'accroche au volant et se remémore les mille et une façons de jouir du corps d'Alejandro, qui est à côté de lui, le front appuyé contre la vitre, en train d'observer la campagne inondée et les vaches métalliques, les villages sans personne et les premiers immeubles de la ville de Madrid. Le son de la radio le fait sursauter. On doit être sur la M-30 (il se dit). La voiture s'arrête à un feu. Alejandro dit : "Déposez-moi là. Je vais continuer à pied."

– Il descend de voiture ?

– Oui. Il est certain que ce dont il a le plus envie (maintenant), c'est de se glisser sous son carton et de se mettre à crier. Il se planterait les ongles dans le visage et crierait de toutes ses forces. Personne ne lui demanderait ce qui lui arrive. Quelqu'un qui se met à crier sous un carton est quelque chose de tout à fait normal.

– Il va où ?

– Travailler. Les lumières de l'ancienne Gran Vía se reflètent dans les flaques. Ce sont les lumières des succursales bancaires (vertes, surtout), qui promeuvent les facilités de paiement des prêts hypothécaires.

– Et de remboursement des dettes.

– Aussi. Les plus petites rues sont remplies de cartons. Alejandro doit marcher sur de nombreux corps (qui tremblent, qui se plaignent) avant d'arriver à la Banque centrale des caisses confédérées. Il donne son nom à l'accueil. On le fait monter dans un bureau et on lui indique sa place et son ordinateur. Il a une liste de noms (d'habitants de la ville de Madrid). En face de chaque nom il y a un numéro d'identification à onze chiffres. Il doit saisir ces données sur l'ordinateur. De plus (à côté des noms, dans une colonne annexe), il doit écrire le code 01 lorsqu'il s'agit de mineurs, 02 lorsqu'il s'agit de majeurs, 03 pour les retraités, 021 pour les individus mariés, 022 pour les célibataires, 030 pour les veufs, et ajouter 5 s'ils ont encore un logement, 6 s'ils vivent déjà sous un carton, 7 s'ils ont un travail, 8 si (en plus d'un travail) ils ont des revenus, 9 s'ils exercent un travail illégal et 11 s'ils sont fonctionnaires. Dans une deuxième colonne annexe il doit saisir les données relatives au district de Madrid dans lequel ils habitent. Alejandro lève un instant les yeux de l'ordinateur et regarde en direction de la fenêtre. Il veut voir la mer, mais il ne voit que le bâtiment du Cube.

– Où je travaille. »

Nuño Muñoz

« Tu sors de chez l'opticien. Tu as dans la poche (dans leur étui) les meilleures lunettes pour travailler sur ordinateur.

– Je n'aurai plus mal à la tête.

– Exact.

– Ni aux yeux ?

– Non plus. Cependant, il est inutile d'avoir des yeux de lynx pour s'apercevoir que ce type (là, en face) n'est pas du quartier.

– Pourquoi ?

– Tu t'es caché pendant plus de vingt ans et tu sais reconnaître l'aspect d'un individu qui tente de passer inaperçu. Ce qui le trahit (surtout), c'est son obstination à marcher sur le trottoir de droite (sous la pluie) alors que vous marchez tous au milieu du boulevard, abrités par les cimes des arbres, qui forment une voûte. Et (bien sûr) ses vêtements : qui (dans un quartier normal comme celui-ci) porterait cette veste dégueulasse (saccagée par des nuits à dormir par terre) et ce pantalon qui n'a plus de couleur ? Il marche voûté et regarde tout le temps derrière lui.

– Il est poursuivi par quelqu'un ?

– Pas encore. Il a un sac à la main. Un sac très lourd qui ne vient d'aucun des établissements du coin. Le problème (tu te dis), c'est qu'on laisse entrer n'importe qui dans le quartier. Il faudrait instaurer des contrôles de sécurité. Tu décides de le suivre.

– Qu'est-ce qu'il a dans son sac ?

– Waldemar Cisneros n'a pas laissé le bâtiment de la faculté de lettres et philosophie s'effondrer sur lui. "Mourir parmi ses décombres serait une fierté (il s'était dit), mais qu'on fasse un terrain de padel sur ma dépouille est un déshonneur." Il est donc sorti par une fenêtre pendant que les boules d'acier (lancées depuis les grues) trouaient le bâtiment. Il a investi l'argent qu'il avait dans l'achat d'un pinceau et d'un pot de peinture et il est parti en direction du quartier du port de plaisance. Il marche sur le trottoir de droite (sous la pluie) et regarde régulièrement derrière lui. Il arrive au numéro 423 du boulevard de la Rambla Vieja de la ville de Madrid et s'arrête devant une maison à trois étages. De l'autre côté de la grille il y a un doberman de métal qui n'arrête pas d'aboyer. Il se dit : "Il faut que je me dépêche." Il ouvre le sac, sort le pot de peinture et écrit sur le mur extérieur de la maison la phrase suivante : "Nuño Muñoz (ministre de l'Éducation) aliboron et mystificateur."

– L'alarme se déclenche ?

– Non. Le doberman de métal aboie désespérément. Quelques minutes plus tard la porte de la maison s'ouvre et Nuño Muñoz sort dans la rue. Il regarde la phrase fraîchement peinte en essayant de comprendre ce que signifient les deux derniers mots. Tu t'approches par-derrière. Tu lui dis : "Monsieur, j'ai vu qui a fait ça. Vous voulez que je m'occupe de lui ?" Le ministre de l'Éducation te toise. Il ne comprend pas très bien ce qui se passe.

– Qu'est-ce qu'il répond ?

– Oui. Tu rattrapes Waldemar Cisneros au niveau des Studios centraux de télévision. Tu lui poses une main sur l'épaule (par-derrière) et tu l'obliges à se retourner. Tu lui dis : "Tu crois que tu peux peindre sur le mur de monsieur le ministre et te tirer comme si de rien n'était ?" Waldemar

Cisneros te regarde dans les yeux (il a le regard douloureusement pur) et dit : "Tu n'es pas des leurs." Et il ajoute : "Laisse-moi partir."

– Je le laisse.

– Non. Il y a un instant de silence (pendant lequel vous vous regardez mutuellement au fond des yeux), puis Waldemar Cisneros te demande quel est le livre que tu aimes le plus. Cette question est une balle en plein cœur (une douleur que [de toute façon] tu peux supporter). Tu dis : "J'aime *La Chronique des temps anciens*." Une ombre passe dans le regard de Waldemar Cisneros. "Je ne le connais pas" (il dit). Tu ajoutes : "C'est un livre qui raconte comment était le monde quand on était petits, tu sais, avant la pluie, avant l'obscurité, avant que ne partent tous les animaux." Vous vous écartez du trottoir. Vous vous approchez de la porte des Studios centraux de télévision pour vous abriter de la pluie. "Je ne le connais pas (il dit). C'est de qui ?" Tu réponds : "De Norberto." Waldemar Cisneros parle (maintenant) à voix basse : "Celui de la statue ?" Tu fais oui de la tête. "Tu l'as détruit ?" Cette fois tu fais non (de la tête). Tu lui expliques qu'il n'y a qu'un exemplaire : un carnet manuscrit. Waldemar Cisneros t'attrape (implorant) par les revers de ton manteau. " Il faut le publier ! (Il dit.) Les gens doivent savoir...!"

– Qu'est-ce qui se passe ?

– La police est arrivée.

– Deux agents passent les menottes à Waldemar Cisneros. Il dit (pendant qu'ils l'emmènent) : "Pourquoi tu fais ça ? Tu n'es pas des leurs." Ils le mettent dans la voiture. Il approche le visage de la vitre et tu peux lire sur ses lèvres : "Le livre de Norberto. Publie le livre de Norberto ! Les gens doivent savoir..." La voiture de police disparaît en bas de la rue.

– Je rentre chez moi ?

– Non. Un agent du Cube (cravate, gabardine, chapeau) te rejoint et te dit que Nuño Muñoz (ministre de l'Éducation) veut te voir.

– Moi ?

– Oui.

– Pour quoi faire ?

– Le doberman de métal n'aboie pas. Nuño Muñoz (ministre de l'Éducation) t'invite chez lui et te fait servir un thé. Il dit : "J'ai parlé à mon avocat et nous allons faire passer ce délinquant devant un juge. Je voulais juste te demander quelque chose : tu sais ce que ça veut dire, aliboron et mystificateur ?" Et il ajoute : "Nous avons brûlé tous les dictionnaires."

– Il faut que j'aille travailler.

– Tu montes au troisième étage du Cube et tu t'assois dans ton box. Sur l'écran de ton ordinateur il y a un message qui dit : "Passe à mon bureau."

– De qui il est ?

– Mme Tusquets te reçoit à bras ouverts. Elle dit : "Le ministre de l'Éducation m'a téléphoné." Elle se sert un verre de whisky. "Il m'a dit que tu as poursuivi un délinquant qui s'en est pris à sa propriété privée." Elle ne te laisse pas parler. "Ton témoignage contre cet indésirable a également été très utile au juge. Tchin-tchin. Je vais te dire ce que j'en pense : ta place n'est pas devant un ordinateur. Et encore moins dans un box. Dis-moi, comment ça t'irait, tu crois, une cravate, une gabardine et un chapeau ?"

– Je crois que ça m'irait bien.

– Les agents du Cube travaillent au sixième étage (il faut un passe spécial [une carte magnétique] pour y accéder). Le sixième étage (d'après ce que tu vois) est divisé en deux parties. Celle de couleur rouge (où se trouvent les bureaux de certains ministres) et celle de couleur blanche (où tu vas travailler, avec les autres agents du Cube). Ici il n'y a ni pôles ni boxes. Tous les agents travaillent dans une grande salle avec un immense écran de télévision, devant lequel ils analysent les images des caméras de sécurité, inspectent les rues de certains quartiers et suivent (comme ils peuvent) la piste des non-gouvernables.

– Je pourrais fournir de nombreuses informations.

– Oui, mais pas encore. »

« Tu arrives chez toi très tard. Tu portes dans tes bras un emballage contenant la cravate, la gabardine et le chapeau. Dans la boîte aux lettres tu trouves un courrier de la société Metalfix, qui te propose une vaste gamme de chiens métalliques. Tu vas à la cuisine et tu te prépares un thé et deux œufs au plat. Tu t'assois dans le fauteuil. Tu poses ton assiette sur tes genoux.

– J'allume la télévision ?

– Oui. À cet instant on sonne à la porte. Tu regardes par le judas et tu vois le visage de Sandra.

– De qui ?

– De Sandra.

– Je ne connais pas de Sandra.

– De Morgana.

– Ah.

– Tu ouvres la porte. Tu sais, tu n'essaies même plus de retrouver les traits de Morgana dans le visage de Sandra.

La chirurgie plastique (tu te dis) a fait disparaître complètement la femme avec qui tu allais te promener au Jardin botanique.

– Qu'est-ce qu'elle vient faire ici ?

– Tu lui demandes si elle a dîné et elle te répond que oui. Tu lui dis : "Tu veux un thé ?" Elle hausse les épaules. Tu lui fais un thé aux fruits. Elle te dit (pendant qu'elle met le sucre) qu'à la plate-forme pétrolière ils sont inquiets à cause de toi : "Tu ne communiques pas avec eux. Tu ne leur envoies pas d'informations." Tu allumes une cigarette et tu fais tomber la cendre sur la soucoupe de ton thé. "J'ai été très occupé (tu dis). Je suis un agent du Cube maintenant." Sandra retire le sachet de thé. Elle dit : "Je sais. On ne parle que de ça dans le service. On peut savoir ce que tu fais ?" C'est très clair pour toi : "Je me rapproche d'Ezequiel Caballo. Tu ne le vois pas ? C'est bien plus que ce dont on avait rêvé quand on planifiait tout ça depuis la plate-forme pétrolière." Sandra te connaît. Elle dit : "On est prêts à déclencher un incendie dans le Cube. Confirme-nous juste la présence d'Ezequiel Caballo au septième étage et on réduira le bâtiment à un tas de cendre."

– On continue à parler ?

– Non. Tu la prends par la main et tu l'emmènes dans la chambre. Tu te dis (pendant que tu lui fais l'amour) que tu ne te souviens pratiquement plus d'Igi W. Manchester. Tu te dis (pendant que tu lui fais l'amour) que la perte d'identité (ne pas savoir qui nous sommes ni qui nous avons été) est la source de toutes les disgrâces. Tu éjacules sur son nombril et tu vas te doucher. Tu as l'espoir que, quand tu sortiras de la salle de bains, elle sera partie.

– Et elle est partie ?

– Oui. Tu téléphones à Metalfix et tu commandes un berger allemand qui réponde au nom de Ris. Puis tu te sers un verre de whisky et tu vas te coucher. Tu ouvres un peu la fenêtre. Toute la chambre est imprégnée du parfum de Morgana, ou quel que soit le nom qu'elle se donne maintenant.

– Je dors bien ?

– Très bien. Le lendemain matin tu ouvres la porte de chez toi et tu trouves un berger allemand de métal sur ton paillasson. Tu dis : "Ris, couché." Et Ris se couche. Tu le caresses derrière les oreilles et tu lui dis/ordonnes d'entrer et de ne laisser entrer personne à part toi.

– Il est programmé pour manger ?

– Non.

– Et pour attaquer ?

– Oui. »

Olivia

« Ça te va bien, la cravate, la gabardine et le chapeau. Tu grilles tous les feux rouges et tu arrives au bureau (au Cube, sixième étage) avec une demi-heure d'avance. Tes collègues te disent que les caméras de sécurité ont détecté une activité suspecte dans l'ancien quartier de Huertas. Ils décident d'aller y jeter un coup d'œil. Ils te demandent si tu es prêt. Tu dis que oui. Ils te donnent un pistolet. "Tu sais t'en servir ?" (Ils te demandent.) Tu ne réponds pas. Tu le mets dans ton pantalon et tu dis : "Allons-y, on va les serrer."

– Ils savent où ils se cachent ?

– Toi oui. Dans la rue on sent la mer. Dans la rue (par-dessus le murmure de la pluie) on entend la rumeur de la mer et ses vagues qui se fracassent contre les rochers des falaises. La mer de Madrid (comme nous le savons) est noire comme de l'encre. Il n'y a qu'une seule lumière : celle d'Anselmo Cruz, qui continue à chercher un révérend marin pour que (lorsqu'il l'aura pêché) les gens comprennent que tout est possible et qu'on ne doit jamais perdre espoir. Les hommes sortent de sous leurs cartons et se laissent guider par un de ces deux sons : le chant des sirènes ou le rugissement des moteurs d'avions. Tu marches entre les mange-ordures. Leur puanteur te répugne. Tu as déjà oublié (apparemment) que tu as été un des leurs.

– Je n'ai jamais pué à ce point.

– Le quartier de Huertas est désert et inondé. Tes collègues te disent que vous devez vous séparer et chercher chacun de votre côté. "Garde les yeux ouverts (ils te disent). Les non-gouvernables sont dangereux."

– Ils vont les trouver ?

– Non. Tu vas rue des Ateliers et tu t'arrêtes au numéro 34. Tu sors ton pistolet et tu défonces la porte. Tu reconnais le vieux bar (où tu es venu si souvent). Les murs sont encore couverts de photographies de chanteurs de jazz.

– J'entre ?

– Tu vas derrière le comptoir et tu ouvres la trappe de la cave. Il y a du mouvement en bas. Tu sais qu'ils sont armés. Ils vont te tuer avant que tu ne sois arrivé en bas de l'escalier. Tu passes la tête dans la trappe et tu dis : "C'est Igi ! Ne tirez pas !"

– Je descends à la cave ?

– Oui. En réalité ce n'est plus une cave, mais l'atelier de Ricardo Estrella, où il a réalisé (qui sait dans quel maté-

riau ?) la statue de Norberto.
– Et maintenant il travaille sur quoi ?
– Je ne sais pas. Il y a une lampe à pétrole allumée. Tu devines (plus que tu ne vois) les visages de Ricardo Estrella et Olivia. Tu as ton pistolet à la main. "Tes traits sont différents (dit Olivia), mais tes yeux sont les mêmes." Tu lui souris. Ricardo Estrella te demande : "Pourquoi tu es habillé comme un agent du Cube ?" Tu lui tires dans la tête. Le mur (derrière lui) se couvre de sang et de petits morceaux de crâne. Olivia crie. Tu la vises entre les deux yeux. Elle te dit que tu n'es pas ce que tu prétends être. "Peu importe que tu t'habilles comme eux (elle ajoute). Ton regard prouve que tu es l'homme que j'ai rencontré au Retiro, celui qui m'a parlé de livres, celui qui est resté pour s'occuper de mon fils Óliver. Tu te souviens de lui ?" Tu dis : "Óliver est mort." Et tu ajoutes : "Comme toi." C'est curieux, le cerveau d'Olivia contient beaucoup de sang, presque deux fois plus que celui de Ricardo Estrella.
– Quelqu'un descend à la cave.
– Tout le monde sait qu'on ne doit pas tirer dans une cave. La détonation peut percer les tympans. Tes collègues te demandent ce qui s'est passé, mais tu ne peux pas (encore) les entendre (un bourdonnement t'emplit le cerveau). Ils allument le plafonnier de la cave et voient les deux cadavres. Ils font des photos et les envoient aux fonctionnaires du Cube (service de reconnaissance et identification). Ils leur disent (aussitôt) que l'homme et la femme abattus étaient deux des objectifs les plus recherchés. Félicitations.
– Ils fouillent la cave ?
– Oui. Tu couvres le corps de Ricardo Estrella d'un drap. Ça te fait de la peine. Il était professeur titulaire de science

des matériaux à l'université de la ville de Madrid. Il t'avait raconté (tu te souviens) qu'il avait réussi à isoler un verre marginal et à le transformer en verre massif. Ensuite il l'avait fondu avec du palladium et après il avait ajouté des fractions de phosphore, de silicium et de germanium. L'argent était venu en dernier. Le résultat était un matériau pratiquement incassable, sans rupture à l'effort, vulnérable uniquement à l'action d'un matériau identique. C'était dans ce matériau qu'il avait sculpté la statue de Norberto. Il l'avait appelé *verre d'argent*. Tu cherches dans l'atelier.

– Quoi ?

– Tu trouves un marteau fait dans ce matériau (tu le saisis fermement par le manche) et tu sors dans la rue. Tu te sens puissant. Tu as envie de crier (à tous ceux qui peuvent t'entendre) que tu t'appelles David W. González, retenez bien ce nom. La pluie tombe avec force. Tu l'entends tambouriner sur ton dos. Tu fais demi-tour et tu te mets à marcher aussi vite que tu peux.

– Je vais où ?

– Sur la place du Kilomètre Zéro il n'y a pas autant de mange-ordures qu'avant. La police les laisse dormir quelques heures, puis elle les lève à coups de pied. Tu marches jusqu'à la statue de Norberto et tu retires le drap. Cela faisait longtemps que tu ne l'avais pas vue. Elle représente l'instant où les flammes commençaient à ronger sa chair. Il a les mains crispées (de douleur) et les yeux grands ouverts, qui te regardent, te reprochent ce que tu es sur le point de faire.

– Qu'est-ce que je suis sur le point de faire ?

– Tu serres fermement le marteau, tu le lèves au-dessus de ta tête et tu le frappes au visage. Tu vois le nez se briser et tomber. Alors tu le frappes encore et encore et tu cries de joie parce que tu lui détruis le visage, tu le défigures et tu le fais disparaître. Enfin quelqu'un a pu se débarrasser de la statue de Norberto, et c'est toi. Le dernier coup lui arrache la tête des épaules et (alors) tu tombes à genoux, épuisé, haletant comme un chien. Tu lèves les yeux et tu vois des centaines de mange-ordures qui se sont approchés de toi et t'entourent. Leurs yeux expriment l'horreur et le désespoir. L'un d'eux te demande : "Mais qu'est-ce que tu as fait ?"

– Je réponds ?

– Non. Plusieurs agents de police (des amis) t'aident à te relever et te félicitent. L'un d'eux dit : "Vous êtes un héros." Tu réponds : "Je me sens comme si j'avais retiré Excalibur du rocher." Mais personne ne te comprend.

– Je quitte la place.

– Oui. Tu écartes les agents de police (qui veulent te toucher) et tu t'isoles dans une ruelle. Tu t'adosses contre un mur et tu téléphones à Morgana. Tu as la voix très fatiguée. Tu dis : "Chérie… c'est moi… il s'est passé quelque chose. Va chez moi et attends-moi là-bas. Non, entre par la fenêtre. Elle est ouverte." Tu ranges le téléphone dans ta poche et tu attends.

– Combien de temps ?

– Environ deux heures. Tu marches lentement (à travers la ville de Madrid) jusqu'à chez toi. Tu te dis que tu aimes ton quartier. Tu apprécies qu'il n'y ait pas de mange-ordures. Tu aimes l'élégance du port de plaisance et les arbres de la Rambla Vieja de la ville de Madrid, dont les cimes forment une voûte sous laquelle on peut se promener sans être trempé par la pluie. Et tu aimes ton appartement. Tu ouvres la porte et tu vois Ris, ton berger allemand de métal. Il a la gueule et les pattes tachées de sang. Morgana (ou Sandra, ou quel que soit le nom de cette femme) est allongée dans le couloir, dépecée. Mais elle n'est pas encore morte. Elle te regarde d'un seul œil et te demande pourquoi. Tu réponds : "Parce que." Puis tu sors ton pistolet et tu vises le cœur. »

6

LE CORPS DES FONCTIONNAIRES

La Nani

« Tu t'appelles David W. González, tu as quarante-deux ans (d'après ta carte d'identité) et tu as l'habitude de coucher avec Mme Tusquets quand son mari n'est pas à la maison.

– Ça arrive souvent ?

– Oui. Tu aimes entrer dans le lit de Mme Tusquets et y trouver son odeur et celle de son mari. Tu aimes que Mme Tusquets te mette les pantoufles du cocu quand tu arrives chez elle. Tu adores la prendre par derrière tout en regardant les portraits de cet imbécile, qui sont sur tous les murs.

– Et semblent me regarder.

– Aujourd'hui est un grand jour. D'ailleurs tu es nerveux et tu n'as pas envie de t'envoyer Mme Tusquets une deuxième fois.

– On se douche ensemble ?

– Ben non. Vous vous asseyez sur les deux sofas du salon

(un verre de whisky à la main) et vous attendez que le téléphone sonne.

– Qui doit appeler ?

– La Nani. Elle est au bar Alto Standing, au deuxième étage, chambre numéro 4. Medulán Verdugo (ministre de la Justice) arrive au rendez-vous avec dix minutes de retard. "Excuse-moi (il dit), j'étais à la messe avec ma femme." Medulán Verdugo paie très bien quand il est satisfait. Medulán Verdugo aime qu'on l'attache au lit avec des bas de soie et qu'on le traite de salope et de traînée. Parfois il veut qu'on lui mette des pinces sur les mamelons, mais ce n'est pas systématique.

– Qui l'attache ?

– La Nani. Elle l'attache très serré (plus que d'habitude). Medulán Verdugo lui dit de desserrer un peu, qu'elle lui coupe la circulation.

– Mais la Nani ne desserre pas.

– Non. Maintenant la Nani est censée s'approcher du lit avec une bougie allumée et lui verser quelques gouttes de cire chaude sur les burnes. Cependant, ce n'est pas avec une bougie qu'elle s'approche, mais avec un couteau (énorme). Elle réfléchit.

– À quoi ?

– C'est facile de payer quelqu'un (ou de promettre quelque chose à quelqu'un) pour qu'il tue une autre personne. C'est facile de dire qu'il n'y a aucune difficulté à tuer un homme qui est attaché. Mais ce n'est pas vrai. Elle se pose les questions suivantes : où est-ce que je plante le couteau ? Je suppose que je dois lui planter dans le cœur, mais où est le cœur exactement ? Comment on arrive jusqu'à lui ? Quelle force il faut avoir dans les bras pour transpercer un os comme le sternum ? Medulán Verdugo (ministre de la Justice) tente de se détacher, mais (évidemment) il ne peut pas. Alors il commence à crier et à appeler à l'aide et c'est (précisément) ce qui oriente la Nani : elle lui plante le couteau dans la bouche. Elle le fait avec une telle force que le couteau ressort de l'autre côté et reste planté dans la tête de lit. Le ministre de la Justice est secoué de deux ou trois spasmes et ne bouge plus. La Nani sort de la chambre numéro 4 (avant que le sang ne tache ses chaussures) et entre dans la chambre numéro 5.

– Qu'est-ce qu'elle fait dans cette chambre ?

– Elle se lave les mains, change de vêtements et s'assoit sur le lit. Elle essaie de se calmer (elle respire profondément plusieurs fois) et prend son téléphone.

– Elle appelle qui ?

– Toi.

– Elle te dit que c'est fait. Tu lui dis de disparaître. Et tu raccroches.

– Moi aussi je ferais mieux de partir ?

– Pas encore. C'est aussi ce que te dit Mme Tusquets : "Maintenant il faut que tu attendes." Tu te lèves du sofa et tu te sers un autre whisky. Tu le bois debout, adossé contre le mur de la cuisine. Mme Tusquets entre et te dit : "Viens, allons au lit."

– Elle ne se lasse jamais ?

– Non. »

Débora

« Medulán Verdugo (ministre de la Justice) est mort dans la chambre numéro 4 d'Alto Standing (bar de luxe). Il a la bouche très ouverte. Le couteau est ressorti par la nuque et s'est planté dans le bois de lit. Le sang (dense comme du chocolat fondu) coule (lentement) sur la lame du couteau. Il goutte sur le sol et (peu à peu) forme une flaque qui passe sous la porte, va dans le couloir et s'accumule le long des plinthes. Minerva (pseudonyme d'une prostituée universitaire) sort de la chambre numéro 3 et voit le sang. Elle est vaincue par la curiosité et va voir ce qui s'est passé. Puis elle marche jusqu'au bar (de l'autre côté de la porte verte), se dirige vers le comptoir et dit quelque chose à M. Cassans, le patron.

– Qu'est-ce qu'elle lui dit ?

– La main de M. Cassans pousse la porte de la chambre numéro 4 et il voit (dans le lit) un homme assassiné. Puis il s'approche du cadavre et reconnaît monsieur le ministre. Il dit : "Putain de bordel de merde."

– Il téléphone.

– Oui. Cándido Suárez (commissaire de police) raccroche le téléphone et prend une profonde respiration. Les voitures de police roulent en silence, phares éteints. Elles se garent devant Alto Standing (bar de luxe) et on demande au patron d'allumer les lumières et d'éteindre la musique. Tous les clients se tournent vers Cándido Suárez, qui dit : "Évacuez les lieux."

– Tous ?

– Non. Pas tous. Cándido Suárez (commissaire de police) demande à M. Cassans de le conduire jusqu'au cadavre. Ils passent devant le comptoir et franchissent la porte de couleur verte. Elle ouvre sur un (long) couloir qui se termine par un balcon. Il y a huit portes (numérotées) de chaque côté du couloir. La flaque de sang se situe sous la porte numéro 4. "C'est là" (dit M. Cassans). Le commissaire Suárez pousse la porte de la paume de la main (il essaie de ne pas marcher dans la flaque de sang). Dans la chambre il y a peu de lumière. Le cadavre (que l'on distingue bien malgré tout) est sur le lit (sur le dos et attaché [fermement, avec des bas de soie] au pied et à la tête du lit). On lui a planté un couteau dans la bouche. Le commissaire Suárez allume la lampe de chevet et regarde fixement le visage du macchabée. Et il dit : "Putain de bordel de merde."

– Il dit autre chose ?

– Non. Il sort de la chambre, tourne à droite et va jusqu'au balcon. Il sort son portable pour téléphoner.

– À qui ?

– À toi. Le commissaire Suárez (sur le balcon, le téléphone contre l'oreille) regarde la rue (qui est remplie de voitures de police) se remplir également de journalistes et de caméras de télévision. Il dit : "Merde." Et à ce moment-là, tu décroches. Tu dis : "Allô." Le commissaire Suárez te dit que vous êtes dans la merde. Medulán s'est fait buter dans un bar à putes (bar de luxe) et l'immeuble est cerné par les journalistes.

– Bien.

– Cela faisait très longtemps que tu attendais ce moment. Tu marques un temps d'arrêt (un silence très étudié) et tu dis : "Ne faites rien." Et tu ajoutes : "Attendez que j'arrive." Et tu raccroches.

– Et maintenant ?

– Mme Tusquets (depuis le lit) te regarde t'habiller. Tu t'observes dans le miroir. Le costume te va bien (je devrais peut-être grossir un peu, tu te dis). Mme Tusquets ne te dit rien. Elle sait que tu es très loin d'ici, très loin d'elle, concentré sur ton avenir (sur ta carrière), sur la prochaine étape que tu dois franchir. Tu sors de la chambre. Dans l'entrée, tu mets ta gabardine et ton chapeau. Tu claques la porte en sortant.

– Je vais où ?

– Ta voiture est garée devant la porte. Tu ne t'arrêtes à aucun feu rouge (tu n'as pas à le faire) et tu mets la radio quand tu roules sur la M-30. Tu ne ralentis que lorsque tu entres dans le parking du Cube. Tu montes dans l'ascenseur, tu introduis ta carte dans la rainure d'identification et tu appuies sur le bouton du septième étage.

– On me laisse entrer ?

– Les portes de l'ascenseur s'ouvrent et apparaissent deux gardes du corps avec deux chiens de métal. Ils te reconnaissent. Ils disent : "Bonjour, monsieur." Tu dis : "Il faut que je parle à M. Caballo." Les gardes du corps t'invitent à t'asseoir. En face de toi (sur le mur) il y a un tableau d'Ezequiel Caballo. Un des gardes du corps téléphone. Il dit : "Monsieur, le chef des agents est ici." Le garde du corps raccroche et te dit : "Vous pouvez entrer, monsieur."

– Dans son bureau ?

– Oui. Ce n'est pas la première fois que tu vois Ezequiel Caballo. Tu l'as déjà vu le jour de ta nomination. C'est la première fois (en revanche) que tu vas lui adresser la parole.

– Je frappe à la porte.

– Tu frappes à la porte de son bureau. De l'autre côté on entend une voix qui dit : "Entrez."

– J'entre ?

– Oui. Ezequiel Caballo est en train de faire passer de petits morceaux de pomme entre les barreaux de la cage d'un chardonneret de métal. Il dit : "J'adore sa façon de chanter." Et il ajoute : "Je me sens comme Saül devant la harpe de David." Il te regarde dans les yeux. "Tu sais de quoi je te parle ?" Tu réponds : "Parfaitement, monsieur." Ezequiel Caballo s'essuie les doigts dans un mouchoir. "Qu'est-ce que je peux faire pour toi ?" Tu prends une profonde respiration. Tu dis : "Notre ministre de la Justice vient d'être tué. Son cadavre se trouve dans un lit, dans un bordel. La presse a cerné l'établissement." Ezequiel Caballo réfléchit rapidement. Il dit : "Putain de bordel de merde." Toi (c'est le moment le plus important), tu fais un pas en avant. Tu te plantes devant ton supérieur et tu demandes : "Monsieur, voulez-vous que je me charge de cette affaire ?"

– Qu'est-ce qu'il répond ?

– Il te regarde de haut en bas (pour te jauger). Il essaie de deviner jusqu'où tu es capable d'aller. Puis il te dit oui (de te charger de l'affaire). "Après tout (il dit) tu es le chef des agents."

– Je dois agir rapidement.

– Tu ne prends même pas congé d'Ezequiel Caballo. Tu fais demi-tour et tu sors de son bureau. Tu passes ta carte dans la rainure d'identification et l'ascenseur t'emmène au parking du rez-de-chaussée. Jamais tu n'as conduit aussi vite. Tu t'arrêtes devant (le bar de luxe) Alto Standing et tu te gares à côté d'une voiture de police. Un journaliste avec un micro, accompagné d'un autre avec une caméra à l'épaule, te rejoint. Il te demande : "Monsieur, pouvez-vous nous dire ce qui se passe ici ?" Tu regardes l'objectif et tu réponds : "C'est exactement ce que je vais aller voir sur-le-champ." Et tu ajoutes : "Je vous informerai régulièrement."

– J'entre dans l'établissement ?

– Oui. M. Cassans et le commissaire Suárez sont au fond du bar, dans les fauteuils où les filles viennent parler aux clients, et boivent un verre (chacun un whisky) en attendant.

– En attendant qui ?

– Toi. Ils se lèvent lorsqu'ils te voient. Tu leur dis : "Nous allons régler ça rapidement." Tu allumes une cigarette. "Faites ce que je vous dis (tu poursuis) et tout se passera bien." Et tu ajoutes : "Qui a trouvé le cadavre ?" Ils te répondent que c'est une des filles. "Où est-elle ?" (Tu demandes.)

– Dans la chambre numéro 1.

– Tu ouvres la porte très lentement. La fille est assise sur le lit, les jambes repliées, les mains croisées sur les épaules. Tu lui demandes comment elle s'appelle. Elle dit qu'elle s'appelle Minerva (mais que son vrai prénom est Débora). Tu t'approches d'elle et tu t'assois au bord du lit. Tu lui dis : "Qu'est-ce que tu fais comme études ?" Débora pleure. Elle dit qu'elle ne fait plus d'études. Elle dit qu'elle était en philologie hébraïque, mais que la filière a été supprimée et que le bâtiment de la faculté a été démoli. Elle renifle. Elle dit que son rêve est d'aller vivre en Israël. Tu hoches la tête. "Tu sais qui je suis ?" Débora regarde ton chapeau et ta gabardine et dit que oui. Tu poses la main sur sa joue. "Je te pose deux questions et je te laisse tranquille, d'accord ?" Débora acquiesce en silence. "C'est toi qui as trouvé le corps ?" Les larmes de Débora se mettent (soudain) à couler sur ses joues. Tu considères que ça veut dire oui. Puis tu dis : "Tu as parlé à quelqu'un de ce que tu as vu ?" Débora dit qu'elle en a parlé à M. Cassans. Tu souris.

"À part M. Cassans (tu dis), tu en as parlé à quelqu'un ?" Débora (le menton tremblant) dit que non. Tu poses ta cigarette au bord de la table de chevet et tu retires ta gabardine. Tu retrousses tes manches. Tu t'arranges pour que le premier coup de poing (dans la tempe) la laisse pratiquement sans connaissance. Puis tu t'assois sur elle et tu l'étrangles de tes propres mains.

– Quel dommage ! Si jeune.

– Tu appelles une ambulance et tu donnes l'adresse d'Alto Standing (bar de luxe). Tu reprends la cigarette que tu avais laissée sur la table de chevet et tu en tires une grande bouffée. Tu regardes le cadavre. Tu te rends compte des horribles marques que tu lui as laissées sur le cou.

– Et sur la tempe ?

– Aussi. Tu te dis qu'elle était très belle. Tu te dis qu'elle avait toute une carrière devant elle. Mais ça ne te fait pas de peine : toi aussi tu as une carrière devant toi.

– Voilà l'ambulance.

– Tu entends la sirène et tu entends le tumulte des journalistes. Deux hommes en blanc (entraînés à ne répondre à aucune question) se fraient un chemin dans la nuée de caméras et de micros et entrent dans (le bar de luxe) Alto Standing.

– Ils y passent beaucoup de temps ?

– Ils ressortent au bout de vingt minutes. Ils poussent un brancard vers l'ambulance. Tu sors par la porte du bar et tu dis : "Un instant." Tu avances de quelques pas et tu t'arrêtes à côté du brancard. Tu te mets face aux journalistes (qui filment) et tu leur dis : "Je suppose que vous êtes au courant : une jeune fille a été assassinée dans ce bar. Nous enquêtons encore sur les circonstances exactes de sa mort. Je ne peux pas en dire plus (pour le moment)." Un journaliste lève son stylo et demande : "Un tel déploiement policier pour une jeune fille morte ?" Tu le corriges : "Assassinée." Le journaliste insiste, sarcastique : "Un tel déploiement policier pour une jeune fille assassinée ?" Tu tardes quelques secondes à répondre. Puis tu prends le drap par le haut et tu découvres la tête du cadavre. La plupart des journalistes n'avaient jamais vu un mort. Les hématomes sur le cou, la tempe enflée, la trachée enfoncée, les yeux ouverts d'effroi, la lividité. Les journalistes détournent le regard. Tu dis : "Ceci est l'œuvre d'un monstre." Tu marques un temps d'arrêt. Et tu conclus : "Cette jeune fille mérite (outre la vie, mais nous ne pouvons pas la lui rendre) de reposer en paix, et elle ne le pourra pas tant que nous n'aurons pas trouvé son assassin, ce pour quoi nous allons mobiliser tous les effectifs dont nous disposons, quand bien même notre engagement pour la vérité et la justice surprendrait quelques journalistes."

– J'ajoute autre chose ?

– Non. Tu remontes en voiture. Tu te diriges vers le quartier du port de plaisance et (avant d'arriver) tu prends la première sortie. Tu te gares devant les Studios centraux de télévision. Tu demandes le plateau central. L'équipe de production te coiffe et te maquille. Cinq caméras te filment. Tu dis : "Permettez-moi de vous prendre une minute de votre temps pour vous dire que le ministre de la Justice, M. Medulán Verdugo, vient de quitter ses fonctions pour se consacrer pleinement à d'autres activités politiques. Le nom de son remplaçant sera rendu public dans les heures qui viennent." Tu retires le micro de ta cravate et tu te lèves. Tu dis : "Diffusez ce communiqué quand vous en recevrez l'ordre."

– Je retourne à ma voiture ?

– Oui. Tu essaies de ne pas allumer la radio quand tu roules sur la M-30, mais c'est impossible : les voix qui s'élèvent des fossés te donnent la chair de poule. Tu gares la voiture dans le parking du Cube et tu prends l'ascenseur. Tu glisses ta carte dans la fente d'identification et tu appuies sur le bouton du septième étage. Les gardes du corps ne te demandent plus rien. Même les chiens de métal baissent les oreilles. Tu frappes à la porte du bureau d'Ezequiel Caballo. Tu entends une voix qui dit : "Entre, David." Tu ouvres la porte. Ezequiel Caballo est debout, appuyé contre son bureau, les bras croisés. Il te dit : "Alors ?" Tu réponds : "Tout est réglé." Et tu te risques à demander : "Vous voulez tous les détails ?"

– Qu'est-ce qu'il me répond ?

– Oui. »

Germán Salcedo

« Mme Tusquets reçoit l'appel téléphonique qu'elle attendait.

– De qui ?

– De toi. C'est étrange de savoir qu'on va tuer quelqu'un. On se demande ce que ça fait de soi. Le tueur sporadique est très soucieux de ne pas être confondu avec un tueur en série. Il veut croire qu'il tue juste pour en retirer un bénéfice personnel, généralement économique. Cependant (quand il approfondit cette pensée), il n'arrive pas à trouver la frontière qui sépare l'objectif matériel de l'obsession pathologique. Mme Tusquets est sortie dans la rue. Le sac de Mme Tusquets est plus lourd que d'habitude (plus lourd [en réalité] de 1,9 kilo, la force gravitationnelle qui s'exerce sur son pistolet).

– Quel type de pistolet ?

– Peu importe. Mme Tusquets pense à toi. Mme Tusquets (tandis qu'elle sonne à l'interphone du numéro 7 de l'avenue d'Abrantes) se rappelle les moments où tu la tenais entre tes bras. Elle monte l'escalier très lentement. La Nani l'attend sur le palier du cinquième étage. Elle est nerveuse. Mme Tusquets lui caresse la joue et la réconforte. "Allez (elle dit), entrons."

– Elles sont seules ?

– Non. La famille Sarmiento n'est plus obligée de vivre dans la rue, sous deux cartons (dont un à deux places). Alejandro (avec le salaire qu'il gagne à la Banque centrale des caisses confédérées) a loué un deux-pièces. Domingo María Sarmiento (sa femme était si nerveuse qu'elle ne pouvait même pas tenir une poêle) a préparé le dîner.

– La table est mise ?

– Oui. La Nani (la main tremblante) sert la soupe. Le silence règne dans l'appartement (on entend juste [en provenance de la cuisine] le moteur du réfrigérateur). Mme Tusquets souffle sur sa cuillère (la soupe est chaude) et dit : "Tu as raconté à quelqu'un ce qui s'est passé ce matin ?" Elle met la soupe dans sa bouche et la savoure. Puis elle dit : "Je veux dire, tu as raconté à quelqu'un que tu as assassiné le ministre ?" Et elle prend une autre cuillérée (elle est bonne) de soupe. La Nani (avant de répondre) fait non de la tête. Puis elle dit : "À personne." Et elle rectifie : "Juste à mon mari et à mon fils." Mme Tusquets ne dit rien tant qu'elle n'a pas terminé sa soupe. Puis elle dit : "Bien, tu auras l'argent dès demain." Et elle attend que la Nani serve les spaghettis. Alejandro dit : "Nous allons devoir quitter le pays ?" Mme Tusquets enroule ses spaghettis à l'aide d'une cuillère. Elle a mis une serviette dans son décolleté, comme un bavoir. "Bien sûr que non (elle dit). Vous devez juste me promettre que vous emporterez ce secret dans votre tombe."

– Ils le promettent ?

– Oui. Mme Tusquets (une fois qu'elle a terminé ses spaghettis) trempe un morceau de pain dans la sauce tomate. Elle demande : "Il y a un dessert ?" La Nani (un peu rassurée) va à la cuisine et revient avec un gâteau au chocolat. "Tu veux me faire grossir" (dit Mme Tusquets). Et la famille Sarmiento éclate de rire.

– Ils prennent un café ?

– Non. Mme Tusquets demande où sont les toilettes. Elle emporte son sac (qui serait surpris de voir une femme emporter son sac aux toilettes ?). Elle se regarde dans le miroir et se remet du rouge à lèvres (il est parti pendant le repas). Elle pisse et tire la chasse. Elle sort des toilettes avec le pistolet à la main. Elle tue la Nani d'une balle dans la nuque. Sa tête est propulsée en avant et s'incruste dans son assiette de spaghettis. Alejandro tente de s'échapper, mais la balle lui atteint la poitrine. Il ne meurt pas sur le coup. Il tombe par terre et sent ses poumons et sa gorge se remplir de sang jusqu'à ce que (lentement, doucement) son cœur s'arrête. Domingo María Sarmiento (le père) est adossé contre le mur, terrorisé. Mme Tusquets appuie sur la détente et l'atteint au cou. Elle avait visé le cœur, mais elle a le bras fatigué. Elle s'approche de lui (qui est tombé par terre), vise le front et appuie sur la détente. Le coup ne part pas. Le pistolet s'est enrayé. Mme Tusquets (alors) va à la cuisine et ouvre le tiroir à couverts. »

« Il s'appelle Germán Salcedo.
– Qui ?
– Il est minuit. Le calme est revenu aux alentours d'Alto Standing. Dans le parc d'en face (cependant) il reste un journaliste. Il est assis dans l'herbe, adossé au tronc d'un arbre dont les branches l'abritent à peine de la pluie.
– Il est là depuis combien de temps ?
– Une semaine.
– Il est sur le point de laisser tomber lorsqu'une fourgonnette s'arrête devant la porte. Il attend.
– Quoi ?
– Quelqu'un ouvre la porte de l'établissement. Deux personnes sortent un corps (enveloppé d'un drap) et le mettent dans la fourgonnette, qui disparaît dans l'obscurité.
– Tu as vu la plaque d'immatriculation ?
– Non. Germán Salcedo marche en direction de la rédaction du journal et essaie de réfléchir à ce qu'il a vu. Les vigiles de l'entrée le saluent et il ne répond pas. M. Benet (rédacteur en chef) est dans son bureau, en train de lire un journal qu'il a déplié devant lui. "J'ai vu des gens sortir un cadavre." M. Benet lève (lentement) la tête du journal. Il demande : "Où ?" Le journaliste lui répond qu'il n'est pas parti du bar Alto Standing en même temps que les autres et qu'il est resté dans le parc, sous les branches d'un arbre (pour observer), car il avait un pressentiment. M. Benet allume une cigarette. "Qu'est-ce que tu as vu ?" (Il demande.) "Une fourgonnette et deux hommes sortant un cadavre enveloppé d'un drap" (il répond). M. Benet (qui regarde désormais le sol) tire une grande bouffée de sa

cigarette. Et il dit : "Beaucoup d'explications me viennent à l'esprit." Et il ajoute : "Tu sais ce qu'il te reste à faire."

– Qu'est-ce qu'il lui reste à faire ?

– Germán Salcedo sort du bureau de M. Benet, s'allonge sur le sofa de la rédaction et se couvre de quelques journaux.

– Il s'endort ?

– Oui. »

« Bienvenue au concours de beauté des fruits et légumes. Asseyez-vous au premier rang et vous verrez défiler (devant vos yeux et à portée de main) les meilleurs spécimens de laitues, blettes, carottes, oranges et citrons, sans une marque, sans une tache, sans une déformation, sans la moindre flaccidité. Les pommes de terre avec des protubérances et les bananes avec des taches noires ont été éliminées. Et avant elles (disqualifiées dès le premier tour), la pomme avec un ver, l'aubergine bosselée et la scarole fanée. Sur ce podium (on vous le garantit) vous ne trouverez aucune cicatrice. La beauté (comme vous le savez tous) est extérieure.

– De quoi tu parles ?

– Madrid est une ville qui a faim. Madrid est une ville d'estomacs vides et de pommettes pointues comme des crayons. Les habitants de Madrid ne sont plus dérangés par la pluie qui mouille leur dos ni par le froid qui se met dans leurs os. Tout ce qui dérange les habitants de Madrid, c'est la faim.

– Davantage que de vivre dans la rue ?

– Oui. Les habitants de la ville de Madrid s'assoient sur le bord des trottoirs et regardent les restaurants et les supermarchés, dans lesquels ont lieu le concours de beauté des aliments gagnants et la crémation implacable des perdants. Les habitants de Madrid (assis sur les trottoirs ou allongés sous leurs cartons) se rappellent ces années heureuses où ils se nourrissaient d'ordures. Désormais les bacs sont fermés avec des chaînes. L'amende pour avoir tenté de casser un bac (et de manger des déchets) est de mille euros, plus un séjour de soixante-douze heures dans un commissariat de Madrid.

– On les frappe ?

– Oui, mais juste pour qu'ils retiennent la leçon. »

« Germán Salcedo ouvre les yeux à sept heures du matin. Le sofa de la rédaction lui a cassé le dos.

– Et les cervicales ?

– Aussi. Il met son manteau et descend dans la rue. Il met deux heures (à pied) pour arriver au bar Alto Standing. Il s'assoit au comptoir et commande un petit-déjeuner. Tout en mâchant une tartine il dit au serveur : "Le patron est là ?" Il boit quelques gorgées de café. Il pose la tasse sur la soucoupe et (quand il relève la tête) il se trouve face à M. Cassans. "Vous vouliez me parler, monsieur ?" Germán Salcedo lui dit que oui. Et il demande : "Ça vous arrive souvent de sortir des momies par la porte du bar et de les mettre dans une fourgonnette ?" M. Cassans ne se démonte pas et dit : "Continuez à poser des questions et la prochaine momie qu'on sortira par la porte du bar, ce sera la vôtre." Germán Salcedo (merci, c'est tout ce que j'avais besoin de savoir) laisse quelques pièces sur le comptoir, descend du tabouret et s'en va.

– Il rentre chez lui.

– Non. M. Benet est en entretien. Germán Salcedo s'assoit sur le sofa de la rédaction (un café à la main) et s'efforce de mettre de l'ordre dans ses idées.

– Il arrive à une conclusion ?

– Pas encore. Quelqu'un monte le son de la télévision et tous les journalistes (pendant quelques secondes) arrêtent de travailler. Tu apparais à l'écran (cet enregistrement que tu as fait il y a une semaine) et tu dis : "Permettez-moi de vous prendre une minute de votre temps pour vous dire que le ministre de la Justice, M. Medulán Verdugo, vient de quitter ses fonctions pour se consacrer pleinement à d'autres activités politiques. Le nom de son remplaçant sera rendu public dans les heures qui viennent."

– J'ajoute autre chose ?

– Non. Le journaliste Germán Salcedo est dans le métier depuis des années et sait que deux événements majeurs ne surviennent pas sans qu'il existe un rapport entre eux. Soudain, il a la nausée et des sueurs froides. Il veut croire que c'est à cause du café (qui est dégoûtant), mais il sait bien que non.

– Alors qu'est-ce qu'il lui arrive ?

– Il a peur. Peu lui importe que M. Benet soit en entretien. Il entre dans son bureau et lui demande de sortir un instant, s'il vous plaît, c'est très urgent. Il l'entraîne dans un coin de la rédaction (juste à côté de la machine à café) et lui fait part de sa théorie : le ministre de la Justice est mort à l'étage supérieur du bar (sans doute dans les bras d'une pute). La pute a été éliminée et on nous a fait croire que le déploiement policier et la présence du chef des agents du Cube étaient dus (précisément) à l'assassinat de la fille. La momie qui a été sortie d'Alto Standing à minuit était le cadavre de Medulán Verdugo, qui, d'après ce qui vient d'être annoncé à la télévision, a quitté ses fonctions. M. Benet demande : "Tu crois que c'est ce qui s'est passé ?" Le journaliste fait oui de la tête. "Tu en as parlé à quelqu'un ?" (Demande le chef.) "Au patron du bar" (il répond). M. Benet met une pièce dans la machine et prend un cappuccino. Il dit : "Alors tu es foutu." »

Gema

« Mon téléphone sonne.

– M. Cassans (à l'autre bout de la ligne) semble serein. Il te dit qu'il n'y a pas de crime parfait et qu'il y a toujours un journaliste qui prend son boulot trop au sérieux. Tu lui demandes le nom du journaliste. Il ne le connaît pas, mais (il dit) les caméras situées à l'intérieur du bar l'ont filmé pendant son petit-déjeuner. "Envoie-moi les images" (tu dis). Tu t'assois devant ton ordinateur et quelques minutes plus tard les images du journaliste s'affichent. Tu le vois manger une tartine et discuter avec M. Cassans. Tu ne le connais pas. Tu envoies les images au fonctionnaire du Cube responsable du service de reconnaissance et identification. Et tu attends.

– Combien de temps ?

– Pas longtemps. Le fonctionnaire du Cube responsable du service de reconnaissance et identification t'envoie le message suivant : "Germán Salcedo García, journaliste à *L'Autre Voix de Madrid*, quarante-sept ans, marié, une fille, domicilié au numéro 7 de l'ancienne rue Santa María de la Cabeza."

– Exact.

– Tu as lu quelque part que le sang appelle le sang et que la violence n'engendre que davantage de violence. Tu as aussi entendu dire que, quand on veut quelque chose, mieux vaut le faire soi-même. Tu penses à tout ça pendant que tu conduis dans la ville de Madrid et que tu gares ta voiture à deux pâtés de maisons de l'ancienne rue Santa María de la Cabeza. Le reste du chemin (sous la pluie, qui ne cesse jamais de tomber), tu le fais à pied. Les trottoirs sont couverts de cartons et de gens qui dorment dessous.

– C'est dégueulasse.

– Tu entres dans le café qui se trouve en face du numéro 7 et tu attends.

– Longtemps ?

– Je ne sais pas. Ça dépend. Il est vingt-trois heures quand le journaliste Germán Salcedo arrive à la porte et (avant de mettre la clé dans la serrure) regarde derrière lui.

– Il me voit ?

– Non. Il ouvre la porte, mais ne peut pas la refermer : il sent le métal froid d'un pistolet sur sa nuque. Tu dis : "Entre et ne fais pas de bêtises."

– Il oppose une résistance ?

– Non. Tu l'emmènes au bout du couloir et tu lui dis de se retourner. Ce qui lui fait le plus peur, ce n'est pas le pistolet, mais que le pistolet soit entre tes mains. Tu vois ses jambes trembler. Tu te dis que ce serait bien qu'il tombe à genoux et implore ta clémence.

– Il le fait ?

– Non. Il a la bouche sèche. Il te dit qu'il ne dira jamais rien à personne. Il te jure qu'il va emmener sa famille à l'aéroport (terminal numéro 5) et qu'il va quitter Madrid pour toujours. Tu ne l'écoutes pas. Tu te dis que le pistolet remplit bien ta main et que c'est l'aboutissement parfait de ton bras tendu. Tu lui dis : "Tu n'as pas à t'inquiéter." Et tu ajoutes : "La balle est plus rapide que le son, si bien que tu n'entendras même pas la détonation du pistolet et tu ne sauras pas que j'ai tiré. Tu vas passer de la vie à la mort sans te rendre compte de rien." Et tu répètes : "Tu n'as pas à t'inquiéter." Et (pour le lui prouver) tu tires.

– Dans la tête ?

– Oui. La plupart des psychopathes ne commettent aucun meurtre de toute leur vie, non qu'ils soient incapables de le faire, mais (tout simplement) parce que cela ne fait pas partie de leurs projets. Les psychopathes (néanmoins) ressemblent beaucoup aux chiens de prise : une fois qu'ils connaissent le goût du sang, ils ne peuvent plus s'en passer.

– Tu insinues que je suis un psychopathe ?

– Tu mets le corps du journaliste dans le local des compteurs (tu jettes un coup d'œil aux boîtes aux lettres) et tu montes dans l'ascenseur. Tu appuies sur le bouton du cinquième étage et (ensuite) tu sonnes à la porte de droite. Une jeune femme t'ouvre. Tu demandes son mari : "M. Salcedo est là ?" La femme te dit que non. "Il doit encore être à la rédaction" (elle dit). Tu lui souris.

– Je me présente ?

– Tu lui montres ta carte. Tu lui dis que tu travailles au Cube et tu entres dans l'appartement. Tu refermes la porte derrière toi. "Vous êtes seule ?" (Tu demandes.) "Avec ma fille" (elle répond). Et elle ajoute : "Il y a un problème avec mon mari ?" Tu dis que oui. "Il est mort" (tu dis). Et tu précises : "C'est moi qui l'ai tué."

– Je lui dis qu'il n'a pas souffert ?

– Le psychopathe aime voir la peur dans les yeux de ses

victimes et (ensuite) leur causer une grande souffrance. Les psychopathes (toutefois) ne font rien de tout cela par sadisme, mais pour le plaisir (intense, difficilement explicable) de se sentir puissants. Tu regardes la femme de Germán (tu crois te souvenir [tu l'as vu sur la boîte aux lettres] qu'elle s'appelle Gema). Tu te dis qu'elle te plaît. Tu serres le poing et tu la frappes à la tempe. Gema (ou quel que soit le nom de la femme de Germán) tombe au sol et ne bouge plus. Tu la regardes d'en haut. Tu n'as jamais violé une femme. Ça va sûrement te plaire. Tu t'agenouilles par terre et tu passes les mains sous sa jupe. Tu enlèves sa culotte et tu lui écartes les jambes. Gema essaie de se défendre, mais elle ne peut pas, elle est incapable de coordonner ses gestes. Maintenant tu es censé sortir ta queue et la lui mettre, mais (à vrai dire) pourquoi se presser ? Tu approches le visage de sa chatte et tu la sens. Elle sent comme la mer de Madrid (tu te dis, et tu ris de ta trouvaille). Puis tu sors ta langue (longue et pointue) et tu la lèches lentement, de l'anus au nombril, avec une avidité croissante qui te pousse (finalement) à la mordre et à te remplir la bouche de sang. Gema crie. Tu te redresses et (cette fois) tu sors ta queue et tu la lui mets. C'est curieux, au début (quand tu as su que tu allais la violer) tu as pensé que tu allais la baiser lentement et (même) que tu allais l'embrasser dans le cou, avec tendresse. Mais maintenant que tu la baises tu veux juste la lui mettre bien profond, pousser fort jusqu'à ce que ta queue lui sorte par la gorge, qu'elle hurle de douleur (ou de peur, plutôt de peur en fait) et qu'elle sache (aujourd'hui et à jamais) qui commande ici, qui est le chef ici. Tu jouis (de ton point de vue) trop tôt. La prochaine fois que je violerai quelqu'un (tu te dis) il faudra que j'essaie de tenir un peu plus longtemps. Gema pleure. Tu sais (pas elle) qu'elle cessera bientôt de pleurer. Tu l'attrapes par les cheveux et tu lui cognes la tête par terre (encore et encore) jusqu'à ce que le carrelage se couvre de sang et que Gema ait (soudain) les yeux révulsés. Alors tu entends : "Maman ?" Tu lèves la tête et tu vois (debout sur le seuil de la porte) une petite fille. Tu la regardes de haut en bas. Tu te dis (dans le fond tu es un sentimental) que ce serait bien que la petite connaisse la même fin que sa mère.

– J'arrive à tenir un peu plus longtemps ?

– Tu t'allonges à côté des cadavres et tu t'endors. Tu as l'espoir que les morts (les mortes) te communiqueront leur paix et que tu pourras trouver ce sommeil réparateur dont tu as tant besoin.

– Ça marche ?

– Non. Les psychopathes ont l'habitude de passer beaucoup de temps aux côtés de leurs victimes. Les corps immobiles des morts incarnent la tranquillité du temps suspendu et l'assurance qu'il y a des lois (celles de la mort, par exemple) qui ne peuvent pas ne pas s'accomplir. Le monde (les cadavres en témoignent) est bien fait : il a un ordre et nous pouvons nous y fier.

– Le jour se lève.

– Dans la ville de Madrid le jour ne se lève pas. Dans la ville de Madrid cela fait des années que le soleil ne se lève pas. Les ténèbres font désormais partie des habitants.

– Comme la pluie.

– Les habitants de Madrid portent les ténèbres en eux. Les ténèbres entrent dans leur sang au moment même de leur naissance. Les habitants de Madrid (pour ne pas perdre le nord, pour ne pas avancer à tâtons) laissent allumée la petite lampe de leur cœur.

– Tu peux continuer à raconter mon histoire ?

– Tu appelles quelques agents du Cube pour qu'ils se rendent à l'appartement (et dans le local des compteurs) et emportent les cadavres. Tu sors dans la rue et tu marches (deux pâtés de maisons) jusqu'à ta voiture. Tu prends la M-30 et tu mets la radio à fond. Il faut faire quelque chose concernant les bouches ensablées (tu te dis). On ne peut pas tolérer que ces gens continuent à parler une fois morts. Tu laisses la voiture dans le parking souterrain du Palace et tu vas à *La Pergola d'Or*. Les serveurs (inclinés en avant) te disent : "Bonjour, monsieur." Tu es le dernier à arriver. Tout le monde t'attend.

– Qui ça ?

– Le patron du restaurant a fermé pour vous. Une table pour plus de trente convives occupe tout l'espace de la salle principale. Ezequiel Caballo préside la table. Il y a une chaise libre (à côté de Mme Tusquets) pour toi.

– Qu'est-ce qu'on mange ?

– On vous propose des entrées : carpaccio de foie gras et mangue caramélisée, salade de gambas, crème de brocoli et sa mousse d'asperges blanches, et cannelloni d'avocat farci de lotte.

– Et en plat de résistance ?

– Agneau farci de champignons sauce abricot, cailles farcies de foie gras, filet mignon de porc au grill, cabillaud aux oignons confits, bar au safran sur lit de champignons et petits pois, lotte et langoustines dans leur réduction de jus, au choix.

– Il y a du vin ?

– Oui.

– Et des desserts ?

– Aussi. On distribue les cigares. Vous passez quelques minutes à les couper et à les allumer selon le rituel. Un nuage de fumée monte jusqu'au plafond. Ezequiel Caballo s'envoie un verre de cognac et dit : "Il nous faut un ministre de la Justice." Et il demande : "Quelqu'un se porte volontaire ?" Le silence se fait. On entend (dans la rue) le bruit de la pluie sur les cartons. Mme Tusquets pose son cigare dans le cendrier et regarde Ezequiel Caballo en face. Elle dit : "Sincèrement, monsieur, je crois que David W. González (actuel chef des agents) a largement démontré qu'il était à la hauteur de ce poste." Ezequiel Caballo (deuxième verre de cognac) te regarde et pointe son cigare vers toi. "Tu es d'accord ?" (Il demande.)

– Qu'est-ce que je réponds ?

– Il y a un autre silence. Les serveurs s'approchent de la table et regardent s'il manque quelque chose.

– Qu'est-ce que je réponds ?

– Tu lui dis que tu es très satisfait (et très reconnaissant) de ton poste actuel, mais que (cela va sans dire), s'il considère que tu seras plus utile au Cube en assumant les fonctions de ministre de la Justice, tu assumeras les fonctions de ministre de la Justice et tu feras passer tes obligations avant tout le reste. Ezequiel Caballo lève un autre verre de cognac. "Au ministre" (il dit).

– Putain. »

Raquel Tortajada

« L'ordre est le suivant : ce sont d'abord les supermarchés qui ferment, puis les restaurants et enfin les bars. Il y a des aliments qui ont vieilli dans la journée et qui ne passeront plus la première sélection du concours de beauté. Il y a des boîtes de conserve qui se sont cabossées et que (par conséquent) plus personne n'osera consommer. Il y a aussi des paquets qui ont été éraflés et pour lesquels plus personne ne dépensera son argent. Ils vont aller à la poubelle. Il n'y a rien de plus inutile qu'un aliment peu photogénique. Les sacs sont jetés dans les bacs, qui sont fermés avec des chaînes. Parlons (maintenant) de Raquel Tortajada.

– C'est qui, celle-là ?

– Raquel Tortajada (lors de sa centième nuit dans la rue) a commencé à entendre le chant des sirènes. Elle n'a opposé aucune résistance. Elle a écarté son carton et s'est mise à marcher vers l'ancienne gare d'Atocha. Les sirènes prenaient une voix douce et convaincante et disaient à Raquel Tortajada que le moment était venu de choisir entre la misère et l'immensité.

– Et qu'est-ce qu'elle a choisi ?

– Elle est entrée dans l'ancienne gare d'Atocha. Le sol de tous les halls (et de tous les quais) avait disparu sous les corps et les cartons. Elle a rasé les murs et (pendant quelques secondes) elle s'est arrêtée devant les baies vitrées. Elle ne s'est pas dit (cependant) que la mer de Madrid était noire comme de l'encre. Elle lui a semblé (au contraire) être le meilleur endroit pour se reposer et tout oublier.

– Elle est arrivée aux falaises ?

– Non. C'était l'année de l'ouragan. Le terrible vent du large a frappé la côte à près de minuit. Raquel Tortajada n'a pas pu sortir dans la rue. Elle est restée dans la gare d'Atocha, assise par terre, aux côtés des milliers de personnes qui dormaient sous les cartons et ne se plaignaient pas du froid, mais de la faim. Et elle a attendu la fin de la tempête.

– Combien de temps elle a duré ?

– Environ trente-trois heures se sont écoulées. Raquel Tortajada est sortie et a été confrontée à la destruction. Elle a vu (embourbée) une camionnette de livraison. Son conducteur, le volant enfoncé dans le ventre, était mort. Elle a ouvert la porte et le cadavre est tombé (tout seul) par terre. Raquel Tortajada est montée dans la camionnette et elle a démarré. Elle l'a désembourbée et s'est dirigée vers la route. Elle a fait des tas d'allers et retours sur la M-30. Elle a ouvert toutes les vitres pour entendre les voix des bouches ensablées, qui demandaient (notamment) justice.

– Elle les comprenait ?

– Les chroniqueurs de cette sombre période de la ville de Madrid écriront que Raquel Tortajada a été la première à pouvoir comprendre clairement les voix (par milliers) des morts des bas-côtés et des fossés. On dit que Raquel Tortajada passait des jours entiers à rouler sur la M-30 (sans la quitter) pour écouter les conseils des enterrés.

– Quels conseils ?

– Les morts des bas-côtés et des fossés de la ville de Madrid lui ont dit que l'homme est ce qu'il mange et que l'habitant de la ville de Madrid ne mange rien d'autre que des ordures depuis des années, de même qu'ils (les morts) ne mangent que de la terre depuis très longtemps, ce qui les transforme en terre, où le chien pisse et l'homme cache sa honte, mais aussi (si tout change au point que tout redevienne comme avant) où poussent les fleurs qui annoncent le printemps. Raquel Tortajada a (alors) pris la première sortie et elle a couru (maintenant qu'elle le connaissait) à la rencontre de son destin. Les sirènes pouvaient (donc) attendre.

– De quel destin tu parles ?

– La camionnette traverse l'ancienne place des Ambassadeurs et monte la rue de l'ancien Rastro. Raquel Tortajada se gare au milieu de la rue et commence par le trottoir de droite.

– Elle commence à faire quoi ?

– Elle entre dans tous les bars, toutes les pizzerias, tous les restaurants, qui (à cette heure) sont sur le point de fermer. Elle dit : "Me voilà." Les serveurs (avec l'autorisation des patrons) mettent dans des caisses toute la nourriture qui n'a pas été consommée dans la journée et qui ne sera plus en vente.

– Ils ne la jettent pas ?

– Non. Raquel Tortajada dit : "Maintenant emportez les caisses dans la camionnette, s'il vous plaît." Elle va aussitôt sur le trottoir d'en face et entre dans les supermarchés. C'est l'heure à laquelle la marchandise arrive. L'heure (donc) à laquelle le concours de beauté des fruits et légumes commence. Les caisses de Raquel Tortajada se remplissent de carottes tordues, de laitues marron, de pommes déformées, d'œufs mal calibrés, de baguettes de pain cassées, de packs de lait ouverts. Raquel dit aux employés : "Emportez les caisses dans la camionnette, s'il vous plaît."

– Ils la remplissent ?

– Raquel Tortajada s'assoit au volant et va jusqu'au bout

de la rue de l'ancien Rastro. Elle franchit la porte de la Plaza Mayor, se gare au milieu et klaxonne cinq fois.

– Pour quoi faire ?

– La ville de Madrid (est-ce qu'on l'a déjà dit ?) est une ville qui a faim. La ville de Madrid vit dans la rue et dort sous les cartons. La ville de Madrid reste impassible sous la pluie (qui ne cesse jamais de tomber) tandis que son corps tremble de froid. Dans le centre de Madrid il ne passe plus de voitures. Dans le centre de Madrid (bien qu'il ne passe pas de voitures) on ne peut pas marcher. Le centre de Madrid est un océan de cartons.

– Pourquoi elle klaxonne ?

– Les mange-ordures se lèvent comme des zombies. Les mange-ordures écartent leurs cartons et marchent vers la Plaza Mayor. Les mange-ordures ont les yeux enfoncés dans le crâne, les pommettes saillantes et les dents longues et en avant. Les mange-ordures marchent voûtés et parviennent très difficilement à avancer en ligne droite. Les mange-ordures titubent, trébuchent et tombent. Parfois ils se cognent contre les murs et les piliers. Les mange-ordures (quand ils arrivent sur la Plaza Mayor) font des allées et venues, incapables de localiser la camionnette de Raquel Tortajada, bien que (à intervalles réguliers) elle donne cinq coups de klaxon.

– Elle distribue la nourriture ?

– Les règles sont très claires : les gens doivent faire la queue en respectant toujours leur ordre d'arrivée. Dans la queue il ne doit y avoir ni insultes ni bagarres, sinon la nourriture sera rangée et la camionnette de Raquel Tortajada partira à l'autre bout de Madrid.

– Et la police ?

– Les agents de police sont (peut-être) les premiers à réagir aux cinq coups de klaxon de Raquel Tortajada. Les agents de police sortent du commissariat et prennent position autour de la Plaza Mayor. Ils restent debout (jambes ouvertes, la main sur la matraque) et regardent cette femme distribuer aux mange-ordures des aliments avariés que même un chien ne mangerait pas.

– Mais ce ne sont pas des chiens.

– Les mange-ordures ne peuvent pas se permettre le luxe de dédaigner la nourriture qu'on leur donne (ni celle qu'ils trouvent). Les mange-ordures (quand arrive leur tour) prennent leur morceau de pain, ou leur banane, ou leur triangle de pizza, ils font demi-tour, passent devant les agents de police (qui disent qu'ils sont dégueulasses), retournent dans leur ruelle ou leur passage souterrain, se glissent sous leur carton et se mettent à manger.

– Ils s'entendent bien entre eux ? »

Segismundo Pesquera

« Arturito mesure deux mètres et marche avec son père, qui lui tient la main et lui dit : "Tu as fait pipi, Arturito ?" Arturito répond : "Oui, papa." "Que je ne te reprenne pas à pisser dans le carton." "Non, papa." "Promis ?" "Oui, papa." Arturito et son père entrent dans la ruelle et tombent sur deux mange-ordures qui leur barrent la route. Ils disent : "Donnez-nous votre bouffe et on ne vous fera pas de mal." Le père d'Arturito jette un coup d'œil dans la ruelle : les autres mange-ordures dorment (ou font mine de dormir) sous leurs cartons. "La bouffe" (ils répètent). Le père d'Arturito fait non de la tête et reçoit une gifle qui le fait tomber par terre. Arturito (alors) fait un pas en avant, attrape l'homme qui a frappé son père par le cou et le soulève à plus de cinquante centimètres du sol. Puis il le laisse tomber et (avant qu'il ne touche le sol) il lui donne un coup de pied dans les couilles et les lui enfonce au creux de l'abdomen. Il attrape l'autre mange-ordures par les cheveux et lui cogne la tête contre le mur (encore et encore) jusqu'à ce que ses jambes arrêtent de bouger. Le père d'Arturito se relève et dit : "Arturito, mais qu'est-ce que tu as fait ?" Arturito hausse les épaules. "Je ne sais pas (il dit), c'étaient des hommes méchants, non ?"

– Quand commence mon mandat ?

– Arturito et son père quittent rapidement la ruelle. Ils prennent l'avenue principale et arrivent à un parc. "Qu'est-ce qu'on fait là, papa ?" Le père d'Arturito jette un coup d'œil aux alentours. "Je suis tout mouillé, papa." La pluie murmure dans les flaques et retentit sur le métal des balançoires. "Papa, pourquoi on ne retourne pas dans notre ruelle ?" Le père d'Arturito se retourne vers son fils et lui donne une paire de gifles. Il lui dit : "Tu ne te rends donc pas compte de ce que tu as fait ? Hein ? Tu ne t'en rends pas compte ?" Arturito pleure, il a le nez qui coule. Il dit : "Pourquoi tu me frappes, papa ?"

– Quelqu'un est arrivé.

– On entend une voix dans le noir qui dit : "Ce garçon a raison. Pourquoi le frappez-vous ? Qu'est-ce qu'il a fait ?" Le père d'Arturito et Arturito se retournent et regardent dans le noir. Ils distinguent la silhouette d'un petit homme. Il répète : "Qu'est-ce qu'il a fait ?" Le père d'Arturito ne dit rien. Il préfère laisser parler le petit homme, qui dit : "Deux hommes voulaient vous voler et Arturito s'est défendu." Il s'interrompt pour regarder Arturito. Puis il continue : "Ce qu'il y a, c'est qu'Arturito n'a pas senti sa force et qu'il les a tués. Ce qui, en réalité, peut arriver à n'importe qui, non ?" Le père d'Arturito fait un pas en arrière. "Vous êtes un agent du Cube ?" Le petit homme se présente. Il dit : "Je m'appelle Segismundo Pesquera et je suis dans les paris." Il crache par terre. "Vous connaissez la zone industrielle d'Ajalbir ?"

– Je voudrais savoir quand je commence mon mandat.

– Il arrive quelque chose : les journalistes s'agglutinent devant le ministère de la Justice le jour de ta prise de fonctions. Tu sors sur le balcon pour saluer. Quelqu'un te jette une pierre à la tête et crie : "Traître !"

– Il m'a eu ?

– Non. L'homme qui a jeté la pierre fait demi-tour et part en courant. Tu le connais parfaitement. Il s'appelle Javier Mendoza et c'est un des non-gouvernables de la ville de Madrid. Vous vous cachiez ensemble dans le quartier de Huertas. Vous étiez bons amis.

– Qu'il aille se faire foutre.

– Tu rentres à l'intérieur et tu vas à la salle du conseil. La réunion de coordination ne dure pas longtemps. Tu dis : "Je sais quelle va être ma première décision politique. Je vais éliminer le quartier de Huertas." Un de tes conseillers lève la main. Il demande : "L'éliminer ?" Tu précises ta pensée : "Le démolir."

– Quand ? »

Joaquín López Consejero

« Les engins de démolition entrent dans le quartier de Huertas. Les grues sont fixées au sol et font osciller leurs énormes boules d'acier. Elles les lancent contre les immeubles les plus élevés et les trouent lentement, méthodiquement, inlassablement. Puis arrivent les pelleteuses de dernière génération, capables de couper le fer et de transpercer le béton. Après elles viennent les cisailles hydrauliques et les broyeurs. Le quartier de Huertas tremble et s'effondre.

– Quelqu'un en réchappe ?

– Les maisons des non-gouvernables leur tombent dessus. On entend les cris de ceux qui sont restés coincés parmi les décombres.

– Et dans les caves ?

– Aussi. Les non-gouvernables sortent de leurs planques et voient que le quartier de Huertas a disparu. Il n'y a que des montagnes de décombres et des véhicules à chenilles qui roulent sur les pierres.

– Ils vont où ?

– Les non-gouvernables sont désorientés. Ils fuient le bruit des engins et courent vers la place Sainte-Anne, où les attendent les anti-émeutes.

– Pour qu'ils retiennent la leçon.

– Les forces anti-émeutes ont reçu des ordres très précis. Les policiers anti-émeutes (avant d'exécuter ces ordres) portent la main à leur ceinture et caressent leur matraque. Puis ils mettent leur gilet et passent à l'action.

– Ils font ce qu'on leur a appris ?

– Oui. Les policiers anti-émeutes chargent les non-gouvernables. Il y a ceux qui préfèrent le coup sur le crâne (les mâchoires qui craquent et les fosses nasales qui se remplissent de sang) et il y a ceux qui adorent enfoncer les pouces dans les yeux, casser un poignet ou broyer deux orteils sous leur pied. Ensuite ils les traînent jusqu'aux fourgons et les emmènent au poste.

– Ils les interrogent ?

– Oui, après. Toi, tu te promènes parmi les décombres du quartier de Huertas (tout ce qu'il en reste). On dirait que des dizaines d'avions de guerre l'ont bombardé pendant une nuit entière (tu te dis). Ça te fait un peu bizarre de penser que (jusqu'à il y a peu) toi aussi, tu te cachais dans ces immeubles et que beaucoup des corps entassés sous les gravats (des corps coupés en deux) étaient tes amis. Tu dis : "Brûlez le quartier. Nous allons faire (à la place) la plus grande banque de crédit du monde."

– J'aime bien cette idée.

– Tu n'as pas encore fini : la voiture de fonction te conduit au quai du Comte de Casal. Tu dis à ton chauffeur (quand vous passez par la M-30) de mettre la radio à fond. Mais ça ne suffit pas : les voix des bouches ensablées hurlent plus fort que jamais. Tu te bouches les oreilles des deux mains.

– Qu'est-ce qu'elles disent ?

– Elles disent ce que tu sais déjà : que la ville de Madrid est une ville de morts dans les bas-côtés et de morts dans les fossés. Elles disent que Madrid (tant qu'elle aura ces milliers de cadavres sous l'asphalte et sous le sable) sera une ville maudite.

– Prenez la première sortie.

– Le chauffeur prend la première sortie. Une demi-heure plus tard tu arrives au quai du Comte de Casal et tu lui demandes de continuer jusqu'au *Cristina Corazón*, le navire de guerre où réside le colonel d'armée Sancho de Aza. Il te dit : "En quoi puis-je vous être utile, monsieur ?" Tu réponds : "Chargez les canons. On va aller faire un tour aux plates-formes pétrolières."

– Pour quoi faire ?

– Sancho de Aza dit à ses soldats de s'enfermer dans les cales. Dans cinq minutes (à environ cinq cents mètres de la côte) les chants des sirènes commenceront à se faire entendre et ils seront plus d'un à éprouver l'envie irrésistible de sauter à l'eau.

– Nous aussi ?

– Non. Que peuvent vous offrir de pauvres sirènes, à part d'insipides nuits de plaisir ?

– Vous restez sur le pont et marchez jusqu'à la proue. La mer de Madrid est froide et noire comme de l'encre. Naviguer sur la mer de Madrid, c'est comme se jeter dans la gueule du loup. Le vent siffle avec un accent lugubre et les vagues se soulèvent comme des monstres marins. Vous passez tout près des rochers des falaises. Les sirènes vous lancent des regards langoureux et se mettent à chanter.

– Qu'est-ce qu'elles chantent ?

– Les voix des sirènes te vont droit au cœur. Elles promettent des nuits d'amour et des jours de repos.

– On ne saute pas ?

– Non.

– Et les soldats ?

– Non plus. Le chant des sirènes voyage aussi sous l'eau et traverse la coque du *Cristina Corazón*. Les soldats l'entendent et deviennent fous. Ils maudissent l'instant où ils se sont enfermés dans les cales. Ils frappent les murs. Ils tentent de défoncer la porte. Ils vous crient de leur ouvrir et de les laisser sortir.

– On les laisse sortir ?

– Non. Ensuite, le navire de guerre gagne le large et les

voix des sirènes (soudain) disparaissent. Alors (et seulement alors) tu descends aux cales et tu laisses sortir les soldats.

– Je vois les plates-formes.

– Le *Cristina Corazón* s'arrête à une distance de cinquante mètres. Tu prends les jumelles et tu jettes un coup d'œil. Tu vois les silhouettes de plusieurs personnes. Ça doit être mes amis (tu te dis). Tu te retournes vers Sancho de Aza (colonel d'armée) et tu lui dis : "Tirez."

– Combien de fois ?

– Trois.

– La plate-forme pétrolière explose dans les airs. Une colonne de feu s'élève dans le ciel et illumine jusqu'aux confins de la mer de Madrid. Puis le feu s'éteint et il ne reste qu'un nuage noir qui sent l'essence et que la pluie se charge (peu à peu) de dissiper. Tu dis : "Regagnons la côte."

– Et les sirènes ?

– Laisse les sirènes tranquilles. »

« Ton homme de confiance s'appelle Joaquín López Consejero. Tu l'as sorti du corps des anti-émeutes et tu l'as mis à la tête des agents du Cube : sa spécialité est de ne pas penser et d'exécuter les ordres.

– À quoi il me sert ?

– Joaquín López Consejero marche sous la pluie. Il enjambe les mange-ordures qui dorment sous leurs cartons et, par moments, il leur dit : "Poussez-vous, pouilleux." Il arrive à la rue de l'ancien Rastro et entre dans la pizzeria du trottoir de droite. Il demande le patron. Il lui dit : "Avez-vous donné de la nourriture à Raquel Tortajada ? Avez-vous contribué à nourrir gratuitement les mange-ordures ?" Le patron de la pizzeria ne dit rien. "Qui ne dit mot consent" (dit Joaquín). Et il le sort dans la rue.

– Pourquoi ?

– Joaquín López Consejero ouvre un cran d'arrêt et le lui plante dans le flanc. Le patron de la pizzeria tombe à genoux et se met à pleurer. Les gens sortent sur le pas de la porte.

– Ils font quelque chose ?

– Non.

– Ils disent quelque chose ?

– Non. Joaquín López Consejero le prend par un poignet et lui coupe un doigt. Il dit à voix haute : "Quelqu'un d'autre veut donner de la nourriture à Raquel Tortajada ?" Il range son cran d'arrêt et s'en va. Il marche sous la pluie. Il enjambe les mange-ordures et leur dit : "Laissez-moi passer, pouilleux."

– Et ils le laissent passer ?

– Oui. »

Julián Trajano

« Raquel Tortajada gare la camionnette et laisse la porte arrière ouverte. Elle entre dans la pizzeria. Les serveurs ne la regardent même pas. Elle demande s'il est arrivé quelque chose.

– Ils lui répondent ?

– Non. Seul le vigile du supermarché vient lui parler. Il lui dit : "La nourriture que tu cherches est à la poubelle." Et il ajoute : "Et ne pose plus de questions parce que tu nous mets en danger."

– Elle retourne à la camionnette ?

– Non. Raquel Tortajada marche jusqu'au bout de la rue et se dirige vers les bacs à ordures.

– Ils sont fermés ?

– Non. Les bacs à ordures sont ouverts et gardés par des prêtres.

– Pourquoi ?

– Les prêtres ont préparé des sacs-poubelle de petite taille, des sacs-poubelle de taille moyenne, des sacs-poubelle de grande taille et des sacs-poubelle familiaux. Ils les vendent dix euros, quinze euros, vingt euros et cinquante euros respectivement. Raquel Tortajada fait un pas en avant. Elle demande aux prêtres comment ils peuvent être mesquins au point de vendre les ordures. L'un d'eux regarde le ciel, les yeux révulsés. Il dit : "La parole de Dieu nous a été révélée : nourrissez l'affamé et veillez sur la sainte institution de l'Église." Raquel Tortajada leur crache dessus.

– Et qu'est-ce qu'ils font ?

– Rien. Ils sourient.

– Avec béatitude ?

– Oui. Les mange-ordures apprennent qu'ils ont de nouveau accès aux ordures. Finies les nausées dues à la faim et les douleurs intestinales. Les mange-ordures sortent de sous leurs cartons et font la queue devant les bacs. Les prêtres font l'article : "L'Église protège le nécessiteux. Nourriture pour tous à prix sacrifiés." Raquel Tortajada fait demi-tour et s'en va.

– Où ça ?

– Je ne sais pas. Les ordures sont épuisées au bout de quelques heures. Les mange-ordures (cependant) restent dans la queue. Ils se couchent par terre et attendent qu'il en arrive d'autres.

– Il pleut toujours ?

– Bien sûr. Plusieurs voitures noires sortent du palais épiscopal et sillonnent les rues de la ville de Madrid. Elles s'arrêtent à côté des bacs à ordures et une vitre se baisse. Une main blanche, molle, empreinte de sainteté, collecte la recette du jour et rentre dans la voiture, qui poursuit son chemin doucement, le moteur presque silencieux évoquant le murmure d'une prière.

– Elle retourne au palais épiscopal ?

– Non. Un autre véhicule noir (un peu plus grand, plus silencieux et plus brillant que les autres) se gare juste en face du ministère de la Justice. Le chauffeur descend de voiture et ouvre la portière arrière. Julián Trajano (révérendissime archevêque de la ville de Madrid) mesure plus de deux mètres et son habit ecclésiastique (quand il se lève) se déploie et flotte comme les ailes d'un dragon. Il monte l'escalier en deux enjambées et entre dans le ministère de la Justice. Tu l'attends dans le hall.

– Moi ?

– Oui. Tu embrasses son anneau et tu le conduis au petit salon de thé. "Asseyez-vous" (tu lui dis). Mais le révérendissime archevêque de la ville de Madrid reste debout. "J'ai un sermon à faire dans une heure (il te dit), alors allons droit au but." Et il pose sur la table une petite enveloppe blanche impeccable, immaculée, presque angélique. Tu l'ouvres et tu regardes à l'intérieur. Les billets te sautent au visage. L'archevêque détourne le regard. La simple vue du vil métal le rend malade. Il te demande : "Il y a le compte ?" Tu dis que oui, qu'ils peuvent continuer à exploiter les bacs à ordures. L'archevêque tourne les talons et s'en va. Il laisse

(dans le petit salon de thé) une odeur poisseuse, très proche de celle du soufre.
– Il y a combien ?
– Raquel Tortajada ne s'avoue pas vaincue. Raquel Tortajada est montée dans la camionnette et s'est mise à parcourir tous les quartiers de la ville de Madrid. Elle klaxonne et crie : "Collecte de nourriture ! Donnez selon vos moyens à ceux qui dorment dans la rue." Quelques riverains descendent une bouteille de lait ou une baguette de pain.
– Et des fruits ?
– Parfois. Mais Raquel Tortajada ne va pas très loin. Une voiture de police lui bloque le passage. Ton homme de confiance (Joaquín López Consejero) s'approche de la camionnette et s'assoit sur le siège du passager. Il dit à Raquel Tortajada : "Allez jusqu'à la Casa de Campo."
– Par la M-30 ?
– Non. »

Arturito

« Par la M-113 on arrive à la zone industrielle d'Ajalvir. Elle compte cent cinquante-huit hangars industriels. Ils sont tous (sauf un) occupés par les mange-ordures.
– Et le numéro 25 ?
– Dans le hangar industriel numéro 25 ont lieu des combats clandestins. Le public (en général) parie sur le vainqueur.
– Et qui est le vainqueur ?
– Il s'appelle Yónatan Peláez et il a gagné tous les combats auxquels il a participé. On raconte (ceux qui s'y sont frottés) que ses poings sont durs comme du ciment.
– Contre qui il se bat ?

– Arturito est à l'autre extrémité du hangar industriel. Segismundo Pesquera lui donne les dernières instructions. Tu vois cet homme là-bas ? Eh bien c'est un homme méchant, un homme très méchant, l'homme le plus méchant du monde. Ton père a très peur de lui. Il voudrait que tu lui fasses du mal. Arturito hausse les épaules et dit : "Bon."

– Le combat commence ?

– Oui. Yónatan Peláez fait quelques flexions et court vers Arturito. Il fait un bond de plus d'un mètre, tourne sur lui-même et lui donne un violent coup de pied au menton. Arturito perd une dent et un filet de sang coule de sa bouche. Yónatan Peláez attaque de nouveau. Il lui donne un coup de poing dans le foie, un autre dans le cardia et attend qu'Arturito tombe au sol. Mais Arturito ne bouge pas. Les cris du public lui font un peu tourner la tête. Il regarde son père et demande : "Qu'est-ce que je fais, papa ?" Son père lui crie : "Défends-toi, merde !" Arturito encaisse un autre coup de poing. Cette fois dans le cou (juste dans la pomme d'Adam). Il tousse un peu et avance vers Yónatan Peláez. Le public devient fou. Yónatan Peláez lui décoche un coup de pied, mais Arturito lui attrape la jambe et la plie à quatre-vingt-dix degrés vers l'avant en lui cassant le genou. Yónatan Peláez s'effondre et hurle de douleur. Arturito lui met un pied sur le visage et appuie (beaucoup) jusqu'à ce que les yeux de Yónatan Peláez sortent de leurs orbites.

– Et qu'il arrête de crier.

– Oui. Le public veut toucher Arturito. Ça a été un combat mémorable. Seul Segismundo Pesquera avait parié sur lui. Il ramasse l'argent qu'il a gagné et en donne la moitié au père d'Arturito. Il lui dit : "Je vais organiser un combat pour la semaine prochaine." Arturito demande : "J'ai été bien, papa ?" Son père lui donne une tape sur l'épaule. "Tu as été incroyable, fiston." Arturito sourit. »

7

LA TOMBE DE LA SIRÈNE

David Ezequiel González-Caballo

« Tu t'appelles David W. González, tu as cinquante ans et tu as une réaction allergique sur les mains.

– À quoi ?

– Les médecins t'ont fait faire des tas d'analyses et n'en ont pas trouvé l'origine. Tous les matins tu te réveilles avec des démangeaisons horribles dans les paumes des mains. Tu les regardes et tu découvres qu'elles sont tachées de sang.

– Et qu'est-ce que je fais ?

– Un de tes conseillers t'a dit que la source qui se trouve dans le cimetière des Anglais est miraculeuse. Il dit que ses eaux médicinales ont soigné la lèpre, la gale et la teigne.

– Et les verrues ?

– Aussi. Toutes les nuits (avant le lever du soleil) tu sors de chez toi, tu prends ta voiture de fonction et tu vas au cimetière des Anglais. Tu t'agenouilles devant la source et tu laisses l'eau te mouiller les mains. Tu te les frottes. Tu les récures énergiquement. Mais le sang ne s'en va pas.

– Qu'est-ce qu'il y a dans cette eau ?

– À côté de la source il y a une tombe qui ne porte pas de nom, juste le symbole de la mer de Madrid. On dit que c'est la tombe d'une sirène. La seule qui existe dans le monde entier.

– Elle chante ?

– Non. On dit que l'eau souterraine baigne les ossements de la sirène et se transforme en un liquide pur, médicinal, sanctifié.

– Mais il ne retire pas le sang des mains.

– Non. Tu remontes en voiture et tu vas au ministère. Tu as fait construire un pont qui passe au-dessus (bien au-dessus) de la M-30. Tu n'as plus jamais à entendre les voix des morts.

– Tant mieux.

– Tu laisses la voiture au parking et tu montes à ton bureau. Tu t'assois et tu téléphones à Mme Tusquets (chef des agents du Cube). Tu lui demandes s'il y a du nouveau. Elle te dit que non. Rien de neuf.

– Qu'est-ce que ça veut dire ?

– Madrid est une ville d'immeubles vides. Les agents de police ont réussi à jeter à la rue toutes les familles qui n'avaient pas de maison avec jardin. Les rues de la ville de Madrid sont couvertes de mange-ordures. On ne voit pas le sol. Les cartons occupent les trottoirs et la chaussée.

– Et les parcs ?

– Aussi. Et pendant ce temps, du terminal numéro 5 de l'aéroport de Barajas, les avions continuent à décoller. Chaque jour des centaines d'avions décollent. Pour les passagers, peu importe la destination. Avoir un billet leur suffit, du moment que c'est un aller simple.

– Traîtres.

– Mais aujourd'hui, c'est un bon jour. Aujourd'hui (en fait), c'est le jour que tu as toujours attendu.

– Pourquoi ?

– Ezequiel Caballo te téléphone et te dit qu'il ne te l'a jamais dit mais qu'il est très satisfait de ton travail : le démantèlement du quartier de Huertas, l'incarcération des non-gouvernables, l'effondrement des plates-formes pétrolières, la création des grandes banques de crédit, la loi punissant toute personne qui dit du mal ou pense du mal du Cube. C'est pourquoi (pour te remercier) il veut t'inviter à une partie de chasse sur le mont du Pardo.

– À une partie de chasse ?

– La société Metalfix a mis au point des prototypes marins, aériens et terrestres, notamment des albatros, des éléphants et une baleine bleue. Ezequiel Caballo te dit de passer à l'armurerie du ministère et de t'acheter un fusil de chasse pour pachydermes.

– Je ne suis jamais allé à la chasse.

– C'est encore mieux. Tu montes dans ta voiture de fonction, tu prends le pont qui passe au-dessus (bien au-dessus) de la M-30 et en moins de cinq minutes tu es sur le mont du Pardo, à l'entrée de la réserve de chasse, où t'attend (vêtu de kaki) Ezequiel Caballo. "Les éléphants ont été lâchés" (il te dit).

– Nous sommes seuls ?

– Non. Vous vous dirigez vers les arbres. Derrière vous (à non moins de cent mètres) marchent les conseillers, les consultants et les assistants. Ezequiel Caballo te dit que vous devez aller à la rivière. "À cette heure (il dit) les éléphants ont l'habitude de s'en approcher pour boire."

– Elle est loin, la rivière ?

– À environ deux kilomètres. Tu regardes autour de toi. Des lambeaux de nuages s'accrochent aux cimes des arbres. Toute la campagne est un vaste marécage où la pluie continue de tomber. Les vautours de métal (qui tournent au-dessus de ta tête) te donnent la chair de poule. Tu respires à fond. Le moment que tu as toujours attendu est tout proche. Tu dois rester calme.

– Je sais.

– Arrive le premier troupeau d'éléphants de métal. Les mâles sont énormes (comme des mammouths) et les petits se tiennent par la trompe à la queue de leur mère. "Regarde ça" (dit Ezequiel Caballo). Et il tire en l'air. Les éléphants lèvent la tête vers le ciel et poussent un barrissement phénoménal, telle la sirène d'un transatlantique. Le troupeau part en courant et toute la campagne se remplit de cliquettements et de grincements métalliques. "Il faut graisser ces bêtes" (dit Ezequiel Caballo).

– On les suit ?

– Oui. Vous marchez en direction des éléphants. Ezequiel Caballo est à cinq mètres de toi. Le moment est venu. Tu épaules ton fusil et tu tires. Tu exploses la tête d'Ezequiel Caballo.

– Les éléphants se remettent à courir.

– Tu restes à côté du cadavre. Les conseillers, les consultants et les assistants arrivent en courant. Ils portent leurs mains à leur front et te demandent ce qui s'est passé. "Le coup est parti tout seul" (tu dis).

– Ils me croient ?

– Ils n'ont pas d'autre choix. Ta voiture de fonction te

conduit (par le pont qui passe bien au-dessus de la M-30) au ministère de la Justice. Tu montes à ton bureau et tu convoques d'urgence tous les autres ministres.

– À quelle heure ?

– Dans quinze minutes. La salle du conseil est pleine. Les ministres t'observent avec un air sombre. Tu dis que la réunion sera très brève. Tu donnes à chacun des ministres une feuille blanche et tu leur dis d'écrire tout ce qu'ils voudront obtenir quand tu occuperas le poste d'Ezequiel Caballo. Tous écrivent et signent. Ils laissent leurs feuilles sur la table et s'en vont. Tu restes seul dans la salle du conseil. Tu appelles ta secrétaire. Tu lui dis de s'occuper du transfert de ton bureau au septième étage du Cube.

– Autre chose ?

– Oui. Tes mains te démangent. Elles te démangent comme jamais elles ne t'ont démangé. Tu regardes tes paumes et tu découvres que leurs lignes ont disparu. À la place il y a une plaie ouverte, une entaille qui brûle comme si tu l'avais aspergée de citron.

– Je vais aux toilettes ?

– Non. Tu prends ta voiture de fonction et tu vas au cimetière des Anglais. Ta famille doit y être enterrée quelque part. Mais ça t'est égal maintenant. Tu t'agenouilles devant la source, tu tends les bras et tu les replies aussitôt. L'eau de la source est noire.

– Noire comme de l'encre ?

– Plus. Tu te relèves et tu regardes la mer. Les grands navires sombrent à l'horizon et une marée noire visqueuse s'approche de la côte de Madrid. Tu sors du cimetière des Anglais et tu marches jusqu'à la plage. Tu t'approches du rivage. Le pétrole empeste. Tu portes la main à ta bouche et ton visage se tache de sang.

– J'ai des choses à faire.

– Tu tournes le dos à la mer. Tu sors ton téléphone et tu demandes que la deuxième voiture de fonction vienne te chercher. Tu arrives aux Studios centraux de télévision et tu vas directement au plateau d'enregistrement.

– On me maquille ?

– Oui. Ton visage s'affiche sur tous les écrans plasma des immeubles de la ville de Madrid. Tu dis : "Je m'appelle David Ezequiel González-Caballo et je suis là pour vous dire ceci : que vous habitiez une ville comme la ville de Madrid vous honore. Votre amour pour cette mer et ce ciel vous honore. Votre capacité à endurer la souffrance dans les moments difficiles vous honore et m'avoir, moi qui vous parle sur un pied d'égalité, comme si vous et moi étions égaux, vous honore." Le pétrole est arrivé dans la mer de Madrid. Sur les eaux oléagineuses de la mer de Madrid flottent des dizaines d'albatros de métal, des centaines de méduses de métal, des milliers de poissons de métal. La surface de la mer de Madrid s'est durcie et la pluie résonne comme si elle tombait sur un cercueil noir, infini, effroyable. »

« David Ezequiel González-Caballo vous dit que la ville de Madrid est sur le point de vivre l'étape historique de la joie, de l'odeur du printemps et des vents de la prospérité. David Ezequiel González-Caballo a le cœur débordant d'amour et le cerveau gonflé de mesures économiques qui feront de cette ville bénie, baignée par le Manzanares, une île de croissance constante et de rayonnement spirituel. Rappelez-vous bien : c'est David Ezequiel González-

Caballo qui vous parle. Je n'ai rien à cacher. J'ai la conscience tranquille. Marchons ensemble. Moi devant. Vous derrière moi. »

« La marée noire ne s'arrête pas à la côte. Le pétrole se répand sur le sable de la plage et entre dans la ville. Les mange-ordures se lèvent et courent avec leur carton sous le bras. »

« Je m'appelle David Ezequiel González-Caballo. La perte d'identité (ne pas savoir qui nous sommes) est la source de toutes les disgrâces. Aujourd'hui le soleil brille pour la ville de Madrid. Sur les ruines du passé s'élève l'édifice resplendissant de demain. Ne le voyez-vous pas ? La ville de Madrid est délivrée de la malveillance, de l'anachronisme et du poids des institutions. Mon nom est David Ezequiel González-Caballo. Retenez-le bien. »

« La tache huileuse avance avec une lenteur obsessionnelle. La tache huileuse envahit toutes les rues de Madrid. Des robinets il ne sort plus que du pétrole. L'air empeste l'hydrocarbure. »

« Je m'appelle David Ezequiel González-Caballo et j'incarne la justice depuis ma naissance. Je représente tous les temps, tous les espaces et toutes les formes de gouvernement. La ville de Madrid s'est éloignée de l'abîme. La ville de Madrid a compris que la corruption est réversible. La ville de Madrid se laisse guider par la lumière de la vertu. »

« Ta secrétaire entre dans les Studios centraux de télévision et dit qu'il faut qu'elle te parle.

– Qu'est-ce qu'elle veut ?

– Elle t'explique qu'elle était en train de déménager ton bureau et que dans un des tiroirs elle a trouvé un livre. "Or, il n'y en a plus (elle dit). C'est peut-être le tout dernier."

– C'est quoi, ce livre ?

– Tu le prends entre tes mains et tu dépoussières la couverture. C'est le livre de Norberto. *La Chronique des temps anciens*. Tu l'ouvres au hasard et tu lis quelques pages. Le texte parle d'un monde ancien. Un monde dont tu ne te souviens pas et qui ne reverra jamais le jour. Tu rends le livre à ta secrétaire et tu dis : "Brûle-le." »

TABLE DES MATIÈRES